Alfred von Meißner

Schwarzgelb - Roman aus Österreichs letzten 12 Jahren

Erste Abteilung: Dulder und Renegaten - Erster Band

Alfred von Meißner

Schwarzgelb - Roman aus Österreichs letzten 12 Jahren
Erste Abteilung: Dulder und Renegaten - Erster Band

ISBN/EAN: 9783743655331

Hergestellt in Europa, USA, Kanada, Australien, Japan

Cover: Foto ©Andreas Hilbeck / pixelio.de

Weitere Bücher finden Sie auf **www.hansebooks.com**

Schwarzgelb.

Roman
aus Oesterreichs letzten zwölf Jahren.

Von

Alfred Meißner.

Erste Abtheilung:

Dulder und Renegaten.

Erster Band.

Berlin, 1862.

Druck und Verlag von Otto Janke.

Dulder und Renegaten.

Von

Alfred Meißner.

Erster Band.

Berlin, 1862.

Druck und Verlag von Otto Janke.

Seiner Hoheit

Ernst II.

Herzoge zu Sachsen-Coburg-Gotha

ehrfurchtsvoll gewidmet.

Hoheit!

Hoffentlich wird der Geist der Freiheit, der alle Glieder Oesterreichs zu durchzucken und zu beleben beginnt, nie wieder in jene Atmosphäre verbannt werden, in welcher ein unheilvolles Regierungssystem lebensvolle Völker sich verzehren lassen wollte, um sich vor deren naturgemäßen Kraftentwicklung aus einem verblendeten Selbsterhaltungstriebe durch künstliches Siechthum zu schützen. Hoffentlich gehört jener düstere Zeitabschnitt für immer der Geschichte an und ich wünsche, indem ich Bruchstücke aus jener Epoche zur dichterischen Darstellung bringe und die Irrwege und Abgründe der als falsch erkannten Bahnen beleuchte, zur Erkenntniß begangener Irrthümer beizutragen und dem wiedererwachenden Genius Oesterreichs zu dienen.

Dies Buch, welches sich dieses Ziel gesetzt, widme ich dem deutschen Fürsten, welcher nicht nur immer

der Kunst und Wissenschaft ein Schutzherr gewesen,
sondern auch in schwerster Zeit, da der Liberalismus
noch nicht, wie heute, Tageston war, der Nation durch
Wort und That Muth und Trost zugerufen.

Es sei zugleich der Tribut meiner eigenen dank=
baren Erinnerung an die Anregungen Ihrer Hoheit,
welche mir oft in hoffnungslosen Stunden das Ver=
trauen an eine bessere politische Zukunft wiedererweckten.

Prag, Ende Mai 1862.

Alfred Meißner.

Inhalt des ersten Bandes.

Vorwort.

Europa hatte im August des Jahres Acht-
zehnhundertfunfzig, wo die Handlung unserer
Geschichte beginnt — so und nicht Roman
möchte ich ein Buch nennen, das durchwegs auf
der Unterlage der Thatsachen und des Geschehenen beruht — Europa hatte im August Acht-
zehnhundertfunfzig zwei Jahre hinter sich, die in
der Weltgeschichte nicht ihres Gleichen gehabt
hatten. Der Geist des neunzehnten Jahrhunderts hatte sich gegen die alten Staatsordnungen
erhoben und unter seinem gewaltigen Flügel-
schlage bebten die Kronen und stürzten die Throne.

Fast alle Völker Europa's riefen gewaltsam ihre
Mündigkeitserklärung aus und wollten fortan
ihre Geschicke in die eigene Hand nehmen. Das
Phänomen war so neu, so unerwartet, so über=
wältigend, daß sturmerprobte Staatsmänner, die
ein Menschenalter lang am Steuerruder gesessen,
sich von ihren Plätzen stoßen ließen und die
ältesten Machthaber bestürzt ihre Fahnen senkten.
Der moderne Geist hielt seinen Siegeseinzug in
die alten Burgen und Schlösser und die Lanz=
knechte, welche zu deren Vertheidigung dastanden,
fielen, von dem wetterleuchtenden Scheine ge=
blendet, wie wehrlos nieder. Alle großen Ideen,
die bisher nur in den Büchern der Denker ein
geistiges Schein= und Traumleben geführt, stie=
gen in das Menschengewühl, auf die Straße
hinab und sollten die Gegner, welche die Mög=
lichkeit ihrer Verwirklichung geleugnet und be=
spöttelt hatten, auf's tiefste beschämen. Die
physische Gewalt, der die Humanität die bis=

herige Alleinherrschaft entrissen, schien verzwei-
felnd in ihrer mittelalterlichen Rüstung zum
letzten Male zu rasseln, bevor sie sich in das
Grab einer gespenstigen Vergangenheit, der sie
angehört, hinabstürzte. Mit der feierlichen Anerkennung, daß der Mensch ein zur Freiheit
geborenes Wesen, schien zugleich dem religiösen
Fanatismus die Brandfackel genommen, mit welcher er Städte und Hütten bedroht, und der
wilde Kampf der Unduldsamkeit beseitigt. Wie
jeder Einzelne das Recht erhielt, sein irdisches
Schicksal mitzubestimmen, so sollte es auch seinem
Gewissen freistehen, sich die Leiter zu wählen,
auf welcher er zum Himmel hinansteigen wolle.
Derselbe Geist der Gleichheit und Brüderlichkeit,
der zu Hause zur Geltung gelangt, wollte alle
Völkerfamilien mit liebenden Armen umfassen
und an die Stelle der zerfleischenden Kriege
einen friedlichen Wettkampf der Künste und des
industriellen Fortschritts setzen, welchen das ab-

gethane militärische Zeitalter zwar nie zu ver=
eiteln und zu unterbrücken, doch aber oft zu
unterbrechen vermocht hatte.

Es ist selbst heute schwer zu beurtheilen, ob
das Programm des wiedergeborenen Europa zu
phantastisch war und an seiner Unausführbarkeit
zu Grunde ging; so viel aber steht fest, daß
auch das leichteste, alltäglichste Werk einer Hand
mißlingt, welche die Mittel zum Zwecke verkennt
und die praktische Geschicklichkeit zur Ausführung
nicht besitzt. Europa war damals nicht reif, es
kannte die Wege, die zum angestrebten Ziele
führen, nicht und ahnte kaum, wie ungebahnt,
von wie viel Hindernissen durchschnitten sie seien.
Es glaubte in seinem Enthusiasmus, daß das
Unternehmen, in's Land der Freiheit zu kommen,
eine interessante Lustreise sei, während es ein
furchtbarer Alpenübergang ist, ein Hannibalzug,
auf welchem die Hälfte derer elend liegen bleibt,
welche todesverachtend ausgezogen . . .

Die Enttäuschung war fürchterlich und stand
zu dem trunkenen Jubel der vor Kurzem noch
flüchtigen Sieger in gleichem Verhältniß. Tau-
sende wurden an sich selbst und ihren Ueberzeugungen irre, es brach manches Herz, als die
scheintodte Gewalt wieder ihr Haupt aus dem
Staube erhob, den herabgefallenen Helm wieder
aufsetzte, das fallengelassene Schwert wieder ergriff und sich ihre Krone wieder holte. Aber
noch jetzt gab es Enthusiasten genug, welche die
Größe ihrer Niederlage nur halb kannten und
ihre ängstlich in die Arme geschlossenen Ideale
auf den Ikarusflügeln ihrer Phantasie retten zu
können glaubten. Aber sie konnten sich nicht
lange in den Wolken halten und taumelten bald
wieder auf die Wahlstatt herab . . .

Es war eine böse, schreckliche Zeit, als alle
Gespenster, die unter den Ruinen der feudalen
Vergangenheit für immer gebannt schienen, wie-
der erwachten, am helllichten Tage umgingen

und die Sonne am Himmel mit ihren Leichen=
tüchern zu verhüllen suchten, um das ihren
Eulenaugen unerträgliche Licht zu entfernen und
eine lange endlose Nacht zu haben, weil diese
allein ihrer schattenhaften Existenz angemessen
ist. Die nackte Macht war Herr der Welt ge=
worden, die geistliche und weltliche Inquisition
wieder hergestellt und ein übermüthiges Ritter=
thum begann die Nachbarschaft des Bürgers zu
meiden und sich in den verlassenen Burgen
wieder niederzulassen. Es war, wie wenn die
Menschheit eine große Völkerwanderung in's
Mittelalter zurück wieder antreten müßte . . .

Dieser Zustand, der wie ein Alp auf Eu=
ropa drückte, mußte sich natürlich bei der großen
österreichischen Völkergruppe mit ihren vielen
Sprachen, weit von einander abstehenden Bil=
dungsstufen und Stammeseigenthümlichkeiten am
grellsten und schärfsten symptomisiren und es
wird Denjenigen, die den Schicksalen dieses

Reichs mit Theilnahme gefolgt sind, eine vielleicht nicht unwillkommene Erinnerung sein, ein
Gemälde aus jener verhängnißvollen Zeit vor
ihren Augen aufgerollt zu sehen.

Oesterreich, ein Staat ohne alle Analogie,
bot damals bei seiner Erhebung dem erstaunten
Europa das Schauspiel, auf dem politischen
Schauplatz Volksstämme erscheinen zu lassen,
welche in der Geschichte theils längst verschollen
waren, oder deren Namen die Welt beinahe zum
ersten Male hörte. Diese, seit langer Zeit
friedliche und verträgliche Nachbarn, stellten sich
plötzlich, die Farben ihrer Nationalität auf den
Fahnen, als Todfeinde gegen einander. Jeder
Stamm, selbst der kleinste, wollte nicht nur
seinen ethnographischen Ursprung in einer ab=
strakten Reinheit, die kaum vor tausend Jahren
mehr rein vorhanden war, wiederherstellen, son=
dern erhob auch den Anspruch, auf Kosten aller
Uebrigen zur Herrschaft zu kommen. Dieser

Brüder= und Bürgerkrieg, Allen unheilvoll,
selbstmörderisch, war jedoch nicht zu vermeiden,
wie man zu glauben verführt wäre, wie er der
macchiavellistisch großartigen Intrigue, welche ihn
leitete, zu Statten kam und den Absolutismus
wieder auf's Neue befestigte, denn früher muß
der Brandstoff da sein, ehe sich eine verwegene
Hand seiner bemächtigen kann, und ebenso muß=
ten hier die Elemente vorliegen, welche sich
ihrer Natur nach gegenseitig aufheben und ver=
nichten. Es lassen sich demnach wohl die Mo=
tive der betheiligten Parteien vor den Richter=
stuhl der Vernunft und Gerechtigkeit ziehen,
aber die geschehenen Thatsachen waren und blei=
ben eine historische Nothwendigkeit, ein unver=
gängliches, aber auch warnungsvolles Nachtstück
in den Annalen unserer Epoche . . .

Oesterreich stand wieder gerettet da, aber es
stand auf Trümmern. Das fühlte es selbst,
als es der Welt das Programm seines Neu=

baues und seiner Verjüngung ankündigte. Dieses
Programm war leider das Produkt eines unge=
heuren Irrthums, eines um so maaßloseren, je
länger die eiserne Consequenz der Durchführung
dauerte und der blinde Glaube an die Möglich=
keit des Erfolgs währte ... Man begnügte sich
nicht, wie anderwärts mit der Reaction gegen
die Ausschreitungen der Reformbedürfnisse und
deren überstürzte Befriedigung, sondern entschloß
sich zur offenkundigen Contrerevolution, ebenso
gewaltsam, so radikal nach einer Richtung, wie
der kaum niedergeworfene Aufstand der Völker
nach der andern, entgegengesetzten. Um diese
Politik zu begreifen, kann man nur annehmen,
daß die Idee derselben auf dem Schlachtfeld,
unter dem Donner der Kanonen geboren und
mit der ganzen Erbitterung des Kampfes in's
Cabinet hinübergenommen worden sei. Es sollte
fortan, um die Ursache der letzten Kriege zu
beseitigen, gar keine Nationalitäten mehr geben,

sogar keine historische Ueberlieferung mehr be=
stehen, an die Stelle der Freiheit ein unbe=
dingter Gehorsam treten und Oesterreich erst
vom Tage des betreffenden Decrets datiren ...

Mit unsäglichen Anstrengungen hatte die
Contrerevolution die Durchführung ihrer Auf=
gabe unternommen und zehn Jahre ausgeharrt,
erst oben aber, fast auf dem Gipfel der Vollen=
dung, mußte sie mit Schrecken selbst erkennen,
daß der Steinblock, den sie mit so zäher Geduld
emporgewälzt, der Stein des Sysiphus gewesen.
Sie ließen ihn da aus freien Stücken mit ver=
zweiflungsvollen Händen fahren und er rollte wie=
der in die Tiefe zurück, in der er ehemals gelegen.

So befindet sich Oesterreich, von den alten
Stürmen umlagert, jetzt wieder. Die Gefahr
verkündet sich diesmal nicht so laut, so unge=
stüm und kampffertig, die Luft wird zwar noch
nicht von wilden Windstößen erschüttert, aber
es ist schwül und Alles läßt dieselben erwarten;

den Himmel zerreißt noch kein Blitz und durch-
tobt kein Donner, aber er ist rings umzogen
und die Wolken hängen schwarz und ungewöhnlich tief nieder, wie vor einem seltenen und
schrecklichen Elementarereignisse ...

Hoffen wir, daß Oesterreich die Krise glücklich überstehe und die naturgemäßen Wege der
Freiheit, welche es eingeschlagen, muthvoll ver-
folge. Der Rückblick auf die letzten Jahre,
welche so nahe vor uns liegen, lehrt mit einer
überzeugungsvollen Beredsamkeit, daß unsere Zeit
in die Anschauungen eines abgethanenen vergangenen Zeitalters mit aller Gewalt nicht mehr
zurückzuwerfen sei. Ja, ich möchte beinahe glauben, daß Oesterreich, wenn es abermals, von
einem bösen Dämon berathen, seine alte Rück-
schrittspolitik wieder aufnehmen wollte, es nicht
könnte und daß der Stein des Sysiphus, als
er zuletzt in die Tiefe fuhr, in tausend Stücke
zerschmettert ward.

Erstes Buch.

———◄●►———

Erstes Kapitel.

Beginnt in vornehmer Gesellschaft.

Auf dem Schlosse des Grafen von Thieboldsegg, im westlichen Böhmen gelegen, flatterte die Fahne, die lange nicht aufgesteckt worden war, wieder und verkündigte den Bewohnern der kleinen Landstadt Kraßnitz, daß der Besitzer nach zweijähriger Abwesenheit wieder erschienen sei, um dort einen Theil des Hochsommers und den Herbst nach alter Weise zuzubringen.

Dem äußern Ansehen nach schien sich inzwischen nichts verändert zu haben. Das weitläufige, stattliche Schloß mit dem waldähnlichen Park schaute von der Anhöhe auf das zu seinen Füßen gelegene Kraßnitz mit seinem ganzen feudalen Stolze hernieder und in dem lebendigen, betriebsamen Städtchen gingen die

1 *

Leute ihren Beschäftigungen nach, wie sie es von jeher
gewohnt waren. Dennoch hatten große, tiefgreifende
Veränderungen innerhalb der letzten zwei Jahre statt=
gefunden. Das Schloß war freilich unangetastet stehen
geblieben, aber es hatte inzwischen seine gutsherrliche
Majestät eingebüßt und an das neu eingeführte Lan=
desgericht und die Bezirkshauptmannschaft abgetreten.
Der Patrimonialgerichtsherr war zu einem Großgrund=
besitzer herabgesunken. Die Bewohner von Kraßnitz
hatten von dieser Seite her gewonnen, aber es ließ
sich nicht sagen, daß sie über den Gewinn von Herzen
froh waren. Die alte Wirthschaft mit ihren unleug=
baren Gebrechen hatte einen milden und patriarchali=
schen Charakter, während sich das neue Regiment mit
seiner Gleichstellung unter einer abstoßenden eiskalten
Form durch seine gemüthlose unerbittliche Härte kenn=
zeichnete. Der Gewinn, der den Leuten so problema=
tisch erschien, wurde aber von Verlusten anderer Art
noch weiter aufgewogen. Ehemals ließ sie der alte
Gerichtsdiener schwatzen und streiten nach Herzenslust,
während sie jetzt jedes Wort auf die Goldwage legen
mußten. Früher zahlten sie mäßige Steuern, gegen=
wärtig mußten sie das Doppelte entrichten, unaufhör=

lich Beiträge zu Kriegskosten liefern und Militairein-
quartirungen tragen. Früher hatten sie mit dem Herrn
Dechanten und seinem Kaplan Umgang, die beiden geistlichen Herren waren ihre Freunde und Rathgeber, besuchten die Belustigungsplätze ihres Sprengels und
nahmen an Kegel= und Kartenspiel Theil. Jetzt plötzlich waren sie nirgends mehr zu sehen und benahmen
sich als eine neuerstandene Obrigkeit. Dadurch hatte
der gesellige Ton des Ortes natürlich arg gelitten,
aber es gab noch tiefere Gründe zur allgemeinen Verstimmung. Man war in den letzten zwei Jahren um
glänzende Illusionen ärmer geworden und mit den
bittersten Erfahrungen bereichert. Man hatte mit
einem Worte das Jahr Achtundvierzig hinter sich und
befand sich im August des Jahres Funfzig, als dem
kaum verhallten Donner der Schlachten und dem
Kleingewehrfeuer der Strafgerichte eine Sündfluth
organischer Gesetze zur fundamentalen Umgestaltung
des Reiches nachströmte.

Man hätte nicht glauben sollen, wenn man das
stille, in sich gekehrte Städtchen wiedersah, daß daselbst
so viel Politik getrieben worden sei. Wenn die Leute
jetzt im Wirthshause zusammensaßen, redeten sie am

liebsten über Privatangelegenheiten und landwirthschaft=
liche Interessen, es fiel Niemandem mehr ein, sich
über Selbstregierung und die beste der Staatsformen
zu erhitzen. Im äußersten Falle besprach man jetzt
den Inhalt der tonangebenden Regierungsjournale,
aber sehr vorsichtig, ohne Kritik, ohne Interpretatio=
nen, ohne den oft peinlichen Eindruck durch einen Mie=
nenzug zu verrathen. Da saßen sie alle friedlich und
freundnachbarlich bei einander, Föderalisten und Unio=
nisten, Slaven und Deutsche und ließen sich ihr Bier
schmecken, ohne sich ihrer früheren nationalen und
politischen Gegnerschaft zu erinnern. Diese leblose
Eintracht hatte Entmuthigung und Ergebung in Alles,
was da komme und wie weit es komme, zur Unter=
lage — ihr ewig wachender Garant war der Herr
Bezirkshauptmann von Rack, ein Mann, welcher sich
auf einer langen Laufbahn die vorzüglichste Praxis
erworben und bereits Polen und Deutsche, Italiener
und Slovaken mit demselben Grad nationaler Vorliebe
und mit derselben Unpartheilichkeit beherrscht hatte.

So standen die Sachen, als der Graf von Thie=
boldsegg im Sommer 1850 wieder erschienen war.
Aber auch der Graf war seit dem Jahre 1847, als

er das letzte Mal seine Villegiatur im Schlosse von
Kraßnitz gehalten, ein Anderer geworden. Auch ihn
hatte die Revolution verändert. Sie hatte ihn aus
den Armen eines feinen ästhetischen Epicureismus ge=
rissen und das Herz des milden geistreichen Diploma=
ten aus der Gentz=Metternich'schen Schule mit Bitter=
keit und Härte erfüllt. Irre geworden an den staats=
männischen Schöpfungen, zu welchen er seit fünfund=
zwanzig Jahren das Seinige beigetragen, hielt er es
bei dem Ausbruch der großen politischen Katastrophe
für eine Ehrenpflicht, das einfallende Gebäude zu
stützen, daß es sich wieder in seinem alten Stolze empor=
richte. Seine erschlaffte Energie wurde wieder wach
und steigerte sich bis zu einer aufreibenden und ver=
zehrenden Thätigkeit. Zwei Jahre lang war er auf
wichtigen Missionen in allen Residenzen Europa's, ohne
bei Tag und Nacht zu rasten, ohne Athem zu schöpfen.
Erst jetzt, als die volle Ordnung wieder hergestellt
war, ging er auf Ferien, denn die noch obschwebenden
Fragen, wie die von Kurhessen, Holstein und die preu=
ßische Union waren sekundärer Natur und durch Noten=
wechsel, von einem Theaterfeldzug begleitet, zu lösen.
Darum betrachtete er aber das Tagwerk der Restau=

ration keineswegs als gethan und die Zeit nicht für
gekommen, sich in seliger Selbstvergessenheit wiegen zu
können, im Gegentheil, er war überzeugt, daß der
Staat, obgleich seine Basis die Gewalt sei und bleibe,
doch nicht auf die Dauer auf Degenspitzen und Ba-
jonetten emporgehalten werden könne, sondern erst
durch eine langsame, consequente, staatsmännische Cam-
pagne im Innern gegen die liberalen, zum Umsturz
führenden Tendenzen der Geister consolidirt und gesichert werden müsse. Vollständiger Bruch mit dem
Historischen, aus welchem die centrifugalen Elemente
ihre Nahrung schöpfen und Verzichtleistung der Nationalitäten zu Gunsten eines abstrakten Staatsprin-
cips auf der einen Seite, auf der anderen vollständiger Bruch mit den neuen Doctrinen, welche dem alt-
monarchischen Staatsleben ein drohendes Gift bereiten,
sollten die Grundlage und Vorbedingung des neuen
staatlichen Aufbaues werden und die erschütterte Macht
der Alleinherrschaft befestigen und wieder verjüngen.

Das war das vermessene contrerevolutionaire Programm, welches man das System der letzten zwölf
Jahre nennen darf und welches man mit einer
ebenso erstaunlichen als beklagenswerthen Consequenz

bis an die Grenzen des Unmöglichen ausführte. Mit
diesem System haben es die meisten, die daran Theil
genommen, aufrichtig gemeint, nur in den Mitteln der
Ausführung gingen sie auf zwei verschiedenen Wegen
neben einander. Eine dieser Partheien war die mili=
tairische, wenngleich sie auch aus geistlichen und bür=
gerlichen Elementen bestand, weil sie gewissermaßen
mit der drohenden Waffe und im Sturmschritt vor=
marschirte. Die andere Parthei konnte man die diplo=
matische nennen, obgleich auch diese Soldaten und
Priester in ihren Reihen führte. Während jene die
offene Proclamirung der Gewalt, unverzügliche Aus=
löschung der modernen Ideen und gewaltsamen Rück=
kehr zur alten, frommen Glaubenszeit forderte, wollte
diese, in einen zeitgemäßen Mantel gehüllt, unter den
Fanfaren der liberal klingenden Phrase die Macht des
Freiheitsgeistes sachte und langsam, aber so lange
biegen, bis sie zersprungen sei.

Graf Thieboldsegg gehörte natürlich seiner Schule,
wie seinem ganzen Wesen nach zur diplomatischen
Richtung, welche mit der militairischen so kunstvoll
zusammenspielte. Ein Mann, der an solch einem
Riesenplane mitbetheiligt war und auf das Thätigste

wirkte, mußte begreiflicherweise selbst auf seinem
Sommersitze von gedankenschweren Sorgen umhüllt
sein und von den Reizen des Landlebens nur spärlich
angezogen werden. Dennoch genoß er verhältniß=
mäßig ruhige und an Zerstreuung reiche Tage, da
dort für ihn die Ueberfülle der gewöhnlichen Tages=
geschäfte wegfiel und sich in seinem gastlichen Schloß
eine zahlreiche Gesellschaft von nah und fern zusammen=
zufinden pflegte.

Der Graf war früh Wittwer geworden. Seine
Gemahlin hatte ihm eine einzige Tochter hinterlassen,
auf welche er nun Alles concentrirte, was sein Herz
an Liebe und Zärtlichkeit besaß. Cornelia war aber
auch sowohl in Hinsicht auf Schönheit, als in Hinsicht
auf ihre geistigen Anlagen des gerechten Stolzes ihres
Vaters werth. Ein poetischer Anhauch lag auf ihrem
schönen Gesicht und ihrer edlen, hohen, graziösen Er=
scheinung, und diese Erscheinung war nur der klare
Abdruck ihres Wesens. Ein sonnenhelles Gemüth, in
dem Heiterkeit und Güte wie Schwestern wohnten,
war ihr eigen und vereinigte sich mit allem Reiz echt=
weiblicher Schönheit, um eine poetische Gestalt aus

ihr zu machen, die Keiner vergaß, der ihr im Leben
begegnet war.

An einem schönen Morgen im August saß der
Graf, welchen es, da seine Familie so klein war, be=
sonders auf dem Lande freute, Verwandte und Be=
kannte bei sich zu sehen, in Erwartung seiner Gäste
in dem hart an's Schloß angrenzenden Wäldchen, dessen
Bäume den lieblichsten Schatten boten. Es war ein
reizendes Plätzchen. Unter den breiten Wipfeln, welche
die Sonnenstrahlen nie zu durchbringen vermochten, war
auf bequemen Gartensesseln süß zu ruhen, angenehm
zu plaudern, oder man konnte schweigend in die Natur
versunken am Rande einer plätschernden Cascade, von
allen schweren Gedanken befreit, träumerisch dahin=
dämmern. Nach zwei entgegengesetzten Seiten genoß
das Auge von hier aus eine reizende Fernsicht.
Einerseits sah man in das weit hinabziehende frucht=
bare Thal von Kraßnitz mit den rasch dahinjagenden
von Weiden umsäumten Flüßchen, auf der andern
Seite, im nächsten Vordergrund, blickte man auf den
schönen Teich, der mit Schilf reich umwachsen, im
Walde verschwand.

Auf diesem Platze pflegte man nicht selten zu

frühstücken, oft auch die Nachmittage zu verbringen,
wenn nicht Ausflüge auf der Tagesordnung standen.
· Auch heute war hier gefrühstückt worden. Der Graf
lag bequem ausgestreckt, die Stirn tiefgefurcht, die
Augen gedankenvoll auf den Boden fixirt. Ihn schien
die Lektüre der Zeitungen, die neben ihm auf dem
Tisch und auf der Erde zerstreut lagen, .aus jeder
idyllischen Stimmung gerissen und auf ein ernstes
Gebiet geschleudert zu haben.

Er war ein Fünfziger, von hochgewachsener, hage=
rer Gestalt; sein volles krauses Haar war vollkommen
erbleicht, seine Stirn weit gewölbt. Alle seine Züge
waren regelmäßig, wie man es bei den Gliedern der
englischen Aristokratie findet, seine Augen groß und
dunkel, auffallend ruhig. Sie verriethen die Gewohn=
heit des Nachdenkens und der Beobachtung, wie der
schmale geschlossene Mund die Gabe, zur rechten Zeit
zu reden und zu schweigen andeutete. Des Grafen
blasses, wenig gefurchtes Gesicht machte einen jugend=
liches Eindruck, wozu die sorgfältige Entfernung des
Bartes das ihrige beitrug. Dieses Aeußere, mit einem
ursprünglich liebenswürdigen Naturell verbunden, hätte
allen Voraussetzungen nach, überall Glück machen

follen, und doch war dies, alles zusammengenommen,
nicht der Fall. Aus dem Wesen des Grafen wehte
bei aller Freundlichkeit und aller Anlage zu launigen
Scherzen ein Geist mißtrauischer Zurückhaltung, der
immer erschien, um gleich wieder hinter einem Lächeln
zu verschwinden und da man ihn verbannt glaubte, plötzlich
wieder aus einem Blicke hervorsprang. Die Zeit und
ihre Erfahrungen, so wie das Diplomatenhandwerk,
waren gewiß Schuld daran, denn als er den Congreß
von Verona als jugendlicher Attaché mitmachte, war
er der gefeierte Liebling der Damen, an welchem man
den Leichtsinn und die Unbefangenheit lobte, während
jetzt sogar ihm wohlgewogene Personen, welche ihn
schon damals gekannt hatten, bei Seite zu sagen
pflegten, daß er etwas Falsches in seinen Augen
habe. Seine angeborene Liebenswürdigkeit war er-
kaltet und lebte nur noch in der Glätte verbindlicher
Manieren und Weltmannsformen fort; das Gefühl
war nur noch da, wenn es sich um seine Tochter handelte, da vermochte das verglühte Diplomatenherz noch
in den hellsten Flammen emporzubrennen.

Dem Grafen gegenüber saß seine Schwester,
Comtesse Sophie, ihren alten Spitz Lara an der

Herzensseite. Mechanisch spielte sie mit einer weib=
lichen Handarbeit, während ihre Augen mit andachts=
voller Aufmerksamkeit auf das vor ihr aufgeschlagene
Buch geheftet waren. Es war eine Kirchengeschichte
in streng katholischer Darstellung. Comtesse Sophie
war zweiundvierzig Jahre alt, mager und nervös.
Sie hatte eine gescheibte, aber strenge und kalte Phy=
siognomie, von verwittertem Aussehen, in welcher die
schwarzen, stechenden Augen das einzige Lebendige
waren. Ihre Schönheit, jetzt bis auf die letzte
Spur vergangen, hatte ihr trotz eines ungeheuren
Vermögens keinen Mann zu verschaffen vermocht: sie
war noch Jungfrau. Böse Zungen behaupteten zwar,
daß sie sich bereits im vorgerückten Alter dem Major
von Holubina auf's Engste angeschlossen habe und für
den ewig geldbedürftigen Ritter zu einer wahren Gold=
quelle geworden sei, Thatsache war es, daß sie,
seit der Major in Ungarn gefallen, in eine Schwer=
muth versank, durch welche ihr schon vormals vor=
handener religiöser Hang sich zu dem frommen Eifer
einer fanatischen Betschwester steigerte.

Weit im Hintergrunde des Teiches ruderte Coralia
mit ihrer Gesellschafterin und Jugendfreundin Frau

Haffenfeld auf dem blauen Wasserspiegel den zierlichen
Kahn an dem sanft sich wiegenden Schilfrohr vorüber.
Das heitere Lied der beiden Schifferinnen war aus
der Ferne kaum zu vernehmen und konnte weder den
Grafen in seinen Meditationen, noch die fromme
Tante in ihrer ernsten Lektüre stören.

„Wo bleibt die Wallhof so lange?" fragte der
Graf plötzlich.

Die Schwester, offenbar unwillig über die Stö-
rung, ließ eine Weile auf die Antwort warten, während sie das Buch dichter an sich rückte und damit
gleichsam zu verstehen gab, daß sie, vom höchsten
Interesse gefesselt, den Absatz wenigstens zu Ende
lesen müsse; endlich erwiderte sie ganz trocken:

„Wo die Wallhof steckt? Wo kann sie stecken?
Sie zieht sich an! Die lebt ja nur für Putz und
Toilette. Eine Frau in ihren Jahren — Großmama"
— Sie hob die Augen zum Himmel, wie über solche
weltliche Thorheit klagend.

„Du solltest mehr Nachsicht mit ihr haben!" rief
der Graf. „Sie ist herzensgut und in ihren kleinen
Schwächen so harmlos-komisch. Ich freue mich jedes-
mal, wenn sie uns besucht!"

„Mir ist sie schrecklich," entgegnete die Gräfin.
„Diese Leichtfertigkeit und diese Frivolität, mit diesem
Mangel an Logik verbunden, bringen mich regelmäßig
außer Fassung. Wenn sie das dummste Zeug durch=
einander schwätzt, Widerspruch auf Widerspruch häuft
und im Nachsatz das Gegentheil von dem sagt, was
sie im Vordersatz behauptet, lachst Du — mir aber
regt es alle Nerven auf und mit wirklicher Beschä=
mung muß ich mir sagen, daß solch ein Geschöpf doch
nur in unserem Geschlecht möglich ist!"

„Du bist sehr fromm, liebe Schwester," sagte der
Graf, „was aber den Besitz christlicher Milde anbe=
langt —"

„Die christliche Milde," erwiderte die Gräfin, „be=
steht nicht in der Nachsichtigkeit, in der schlaffen und
saloppen Indulgenz gegen Schwächen, die aus der
weltlichen Eitelkeit hervorgehen, sie ist nur die liebende
Schonung gegen Solche, die auf dem Wege sind, ihre
Verkehrtheit einzusehen ..... Aber ist dies jemals
bei der Wallhof zu hoffen?"

Sie war im besten Zuge fortzufahren, in diesem
Augenblick aber kam eine umfangreiche Gestalt, wie
ein Schiff mit vollen Segeln vor dem Winde fahrend,

über den Wiesenplan daher. Es war die in Rede
stehende Frau von Wallhof. Die corpulente Gestalt
strotzte von Gesundheit; Gutmüthigkeit und ein heiterer
Sinn strahlte aus den lachenden Augen und den welt-
freundlichen Zügen, die sehr hübsch gewesen sein mochten,
ehe sie so in die Breite gezogen worden waren. Nur
nähere Bekannte wußten, daß Frau von Wallhof schon
zweiundvierzig Jahre zählte; ihrem Aussehen nach
mußte man ihr Alter auf dreißig schätzen. Sie war
die Wittwe eines Diplomaten, der ein intimer Freund
des Grafen gewesen und hatte die Gewohnheit behalten, in jedem Sommer, den der Graf auf seiner
Besitzung zubrachte, auf vierzehn Tage auf das Schloß
von Kraßnitz zu Besuch zu kommen, wie zu Lebzeiten
ihres Gatten, obwohl dieser schon seit zehn Jahren
todt war.

Auf wenige Schritte herangekommen, eilte Frau
von Wallhof auf das eiserne Canapee zu und warf
sich neben der frommen Comtesse in die andere
Ecke hin.

„Wie glücklich ich bin," rief sie in ihrer plauder-
haften, lebhaften Weise, „daß ich mich wieder in
meinem lieben Kraßnitz befinde, kann ich Niemandem

beschreiben! Mein Gott, ein, zwei, drei Sommer sind
es, seitdem ich zum letzten Mal auf dieser Stelle ge=
sessen! Mir geht es überall gut, aber bei Thiebolds=
egg's ist mir's am Besten."

„Ich weiß nicht, ob Sie nach drei Tagen noch so
sprechen werden, liebe Freundin," sagte der Graf.
„Sie lieben die große Welt und ihre Zerstreuungen,
und Kraßnitz ist doch nur ein Dorf. Ich fürchte,
Sie werden sich nur zu bald zu langweilen anfangen."

„Mein Gott, warum soll ich mich langweilen?"
fragte die Baronin. „Langweilt man sich bei Thie=
boldsegg? Hat sich schon Jemand bei Thieboldsegg
gelangweilt? Ist es möglich, sich bei Thieboldsegg
zu langweilen? Sind nicht Sie da, Graf, Sie meine
liebe Sophie und meine unvergleichliche Cornelia? Kommt
nicht unser lieber Greifenstein? Das ist doch auch
ein Mensch, bei dem die Langeweile nicht aufkommt!
Wann erwarten Sie ihn eigentlich?"

„Heute oder morgen," sagte der Graf. „Er wird
vermuthlich zugleich mit der Schwadron, die zur Ein=
quartierung nach Kraßnitz kommt, hier eintreffen."

„Cavallerie? Husaren? Hellblaue Attila's?" rief
Frau von Wallhof. „Die sind da! Sind soeben ein=

getroffen! Ich habe dem ganzen Zuge, wie er ein-
rückte, vom Balcon aus zugesehen! Herrliche, mar-
tialische Leute, echte, gebräunte Pustasöhne — auch
ein interessanter Rittmeister ist dabei. Der wird sich
doch sicherlich im Laufe des Tages bei Ihnen melden
lassen?"

„Aber, Baronin," rief Comtesse Sophie, „dieses
Feuer, diese Aufregung, mit der Sie von den braunen
Pustasöhnen und ihrem interessanten Anführer sprechen,
ist wirklich hochkomisch! In Ihren Jahren —"

„Warum," fragte die Baronin, „soll ich nicht in
Aufregung sein? Ja, ich bin in Aufregung! Ich ge-
stehe es und glaube, es gestehen zu können! Der
Augenblick steht mir bevor, wo ich nach langer Zeit
wieder einmal mit Officieren reden soll! Was wird
man aus ihrem Munde für Details aus den grauen-
haften Kriegen hören! Wie Mancher noch, den wir
gekannt, wird sein Leben für den Thron gelassen haben!
Ach, es ist schrecklich, daß es das Loos des Soldaten
ist, in den Krieg ziehen zu müssen! Seine Bestimmung sollte eine andere sein — eine edlere —"

„Aber, liebe Wallhof," warf die Gräfin ein,
„welche andere vernünftige Bestimmung könnte der

Soldat haben? Sollte er nur da sein, um seine glän=
zende Uniform in den Salons zu zeigen? Eine
harte Nothwendigkeit —"

„Bien, bien, vous êtes philosophe!" sagte die
Baronin. „Ich sage nur soviel: der Krieg ist etwas
Schreckliches, etwas Gräuliches — man sollte eigent=
lich vor jedem Soldaten ein moralisches Grauen em=
pfinden und es ist mir unbegreiflich, daß man dieses nicht
hat! Ach, diese Kriege! Welche Opfer an Menschen=
leben! Wie viel Bekannte habe ich allein verloren!
Dieser arme Holubina! An diesem Tische ist er zu=
letzt mit uns gesessen! Ein so lebensfroher, liebens=
würdiger Mensch, ein so erprobter Freund Ihres
Hauses! Er dauert mich in's Herz!"

Comtesse Sophie fuhr bei dieser Anspielung an
ihren Liebhaber merklich zusammen, bemeisterte aber
die schmerzende Wirkung dieser Erinnerung und er=
wiederte:

„Wer für eine große, edle Sache fällt, ist, liebe
Wallhof, über das gewöhnliche Bedauern erhaben."

Ihr Bedauern ein gewöhnliches genannt zu hören,
hätte die Baronin bald aus aller Fassung gebracht,

indeß sagte sie ziemlich ruhig, wiewohl einen großen
Schlag wagend:

„Nicht alle Menschen haben Ihren starken Geist,
um sich auf einen solchen Standpunkt zu erheben.
Der armen Rottau z. B. kann es Niemand übel
nehmen, daß sie den Verlust des Majors weniger
heroisch trägt."

„Wie so?" fragte die Comtesse, die nicht wußte,
wo das hinausgehen sollte, sehr gespannt, während
der Graf, scheinbar unaufmerksam, sich an diesem
weiblichen Hahnenkampf heimlich ergötzte.

„Nun?" antwortete die Baronin, „Sie fragen?
Hatte denn der Major nicht in der letzten Zeit ein
Verhältniß mit Frau von Rottau?"

„Eine gräßliche Erfindung!" rief Comtesse Sophie
von einem Gefühl der Eifersucht getroffen. „Eine
Erfindung, welche auf gänzlicher Unkunde von Major
Holubina's Charakter beruht. Sie dürfen nicht so
leichtgläubig sein, liebe Wallhof, besonders wenn die
Fabeln dem Rufe unserer Freunde nachtheilig sind."

„Nachtheilig?" fiel die Baronin ein. „Der Major
war ledig und frei, Frau von Rottau Wittwe — eine
Frau in der vollen Blüthe des Lebens, voll Jugend=

luft — eine jener Frauen, bei welcher es keiner Ne=
benrücksichten bedarf, um sich zu verlieben ..."

Die Comtesse bebte vor Wuth. Die Handarbeit
tanzte ihr wild zwischen den Fingern. Offenbar wäre
ein Krieg ausgebrochen, wenn in diesem Augenblick
nicht ein Besuch in Sicht gekommen wäre.

Der Herbeikommende war der Bezirkshauptmann,
Coelestin Freiherr von Rack.

Freiherr von Rack machte schon von weitem, in
einer Entfernung, wo nur besonders scharfe Augen
eine Person erkennen, die alleruntertthänigsten Bück=
linge, so daß sein Hut beinahe den Staub von der
Erde fegte.

Der Freiherr gehörte seiner Abstammung nach dem
Lande an, das das Privilegium besitzt, dem großen
österreichischen Kaiserstaate Beamte, besonders aber
Polizeimänner zu liefern; er war ein Böhme, wie
schon sein Name anzeigt, der in der Sprache der
Czechen soviel wie Krebs bedeutet. Er war ein Fünf=
ziger, sehr lang und dürr, vom Leben unendlich arg
mitgenommen, nichts weniger als schön. Aus seinen
blauen Augen sprach wohl Intelligenz, aber eine solche,
die fast einzig und allein auf die Nachtseiten der mensch=

lichen Natur gerichtet war und rastlos umherspürte, um
Verbrechen und Gesetzesübertretungen zu suchen und
zu bestrafen. Blick und Bewegungen waren höchst
unruhig, wie wenn er überall auf seiner Hut sein
müsse oder rechts und links Contravenienten ertappen
wollte. Seitdem von den höchsten Instanzen das
Wort ausgegangen war, daß sich der Kaiserstaat im
Stadium der Verjüngung befinde, hatte er es auch
für seine Pflicht gehalten, sich thunlichst zu verjüngen.
Das war ihm vor der Hand nur insoweit gelungen,
als er seit einiger Zeit über seine Glatze eine raben=
schwarze Perrücke gezogen und seinen ergrauten Schnurr=
bart auffallend gefärbt hatte . . .

Er war ein merkwürdiger Mann, der zwei scharf
geschiedene Naturen in sich vereinigte. Die eine war
mild, nachgiebig und im Stande, auf seinem Gesichte
das lieblichste Grinsen stundenlang festzuhalten und
seiner rauhen Stimme melodische Schmeichellaute zu
verleihen; die andere dagegen war hart, rücksichtslos,
wild, barsch, gewaltsam, beinahe brutal. Die eine
oder die andere Seite dieses originellen Doppelwesens
kehrte sich von selbst und ungerufen hervor, je nach=
dem der Bezirkshauptmann vor einem Mächtigen und

Einflußreichen oder vor einem Hülflosen und Unter=
gebenen stand.

„Was bringen Sie Neues, lieber Rack?" rief ihm
die Baronin entgegen. „Ist das Militair schon ein=
quartirt?"

„Gehorsamst zu dienen!" erwiederte Herr von Rack
ganz ehrerbietig.

„Nehmen Sie Platz!" rief ihm der Graf freund=
lich zu.

„Ich danke verbindlichst!" gab von Rack zur Ant=
wort, sich dem Grafen nähernd. „Ich habe mich nur
auf einen Moment aus meinem Büreau entfernt, um
Excellenz die Zeitungen auf's Schnellste zukommen
zu lassen."

Er zog ein Paquet aus seinem Hute hervor.

„O, Sie sind zu charmant, meinen Postboten zu
machen, lieber Rack!" erwiederte der Graf, ihm die
Zeitungen aus der Hand nehmend. „Das kann ich
künftighin nicht dulden!"

„Mir fehlt sonst;" sagte von Rack in Lieblichkeit
zerfließend, „alle Gelegenheit, Excellenz meinen Dienst=
eifer an den Tag zu legen. Ich habe ohnehin eben

das Paquet mit Zeitungen revidirt und da konnte ich mich nicht zurückhalten —"

„Gibt es was Neues?" fragte der Graf, den Journalen einen flüchtigen Blick zuwerfend.

„Die Prager Zeitungen," erwiederte der Bezirks= hauptmann, „berichten eine Reihe bestätigter rechtlicher Erkenntnisse der militairischen Untersuchungskommissio= nen am Hradschin, die Wiener bringen Instruktionen für die neuen politischen Behörden, eine ganze Fluth von Erlässen —"

„So, so," murmelte der Graf.

„Imposante Schöpfungen!" rief von Rack. „Man muß wirklich diese Produktionskraft der Regierung an= staunen! Das, wozu andere Regierungen Jahrzehnte, wo nicht Jahrhunderte brauchen, wird hier in Monaten vollendet. Die neue politische Organisation nimmt einen so wunderbaren Fortgang —"

„Ich fürchte nur," bemerkte der Graf, „daß wir da eine Fluth von Gesetzen bekommen, die theilweise ohne eine Reform zu erzielen, den Wust der Gesetze und deren Verwirrung nur vermehren."

„Ich meinestheils vertraue ganz auf den wahrhaft organisatorischen Geist unseres Gesammtministeriums,"

rief der Bezirkshauptmann. „Der bewährt sich mei=
nes Erachtens klarer mit jedem Tage. Richtig! Ex=
cellenz dürfte es angenehm sein, zu hören, daß wir
ein schlechtes Blatt weniger haben — das Donaureich,
ein verwerfliches urdemokratisches Blatt."

„Das ist ja nur suspendirt! Ich habe die Nach=
richt soeben gelesen."

„Suspendirt oder unterdrückt, das ist wohl Eins
und Dasselbe!" versetzte von Rack mit einem herzlichen,
gemüthlichen, aus dem Innern quellenden Lachen.
„Die Suspension läßt dem vielbeschäftigten Redak=
teur Zeit, jetzt eine Ferien= und Erholungsreise zu
machen. Er ist ein Kraßnitzer und befindet sich seit
gestern hier."

„Das ist Doctor Schmey," sprach der Graf. —
„Was ist das eigentlich für ein Mensch? Kennen
Sie ihn?"

„Allerdings kenne ich ihn — ich habe ihn sogleich
zu mir auf's Amt citiren lassen — eine höchst, höchst
unansehnliche Persönlichkeit! Es macht wirklich einen
überaus komischen Eindruck, wenn man ihn vor sich
hat und sich dabei der freiheitgeschwollenen Tiraden
und souveränen Aufwallungen in seinen Artikeln erin=

nert! Ein kleines, schmiegsames, höfliches Männchen, welches nur so lange zu imponiren bemüht ist, bis man es scharf ansieht und kurz anredet. Ich war von seiner Ankunft avisirt und habe ihn mir gleich holen lassen — doch verzeihen Excellenz, daß ich über eine so völlig uninteressante, abgethane Größe so viel Worte mache . . ."

„Von seiner politischen Richtung abgesehen," erwiederte der Graf, „habe ich doch aus seiner Zeitung ersehen, daß er ein ziemlich praktischer Kopf ist und einen auffallenden Instinkt besitzt, Situationen zu berechnen."

„Excellenz halten ihn für gefährlich?" rief von Rack lebhaft, während das Lächeln von seinem Gesicht scheu wegfloh und einer wilden Grimasse, welche der finstern Seite seiner Doppelnatur angehörte, Platz machte.

„Das eben nicht," versetzte der Graf gelassen. „Die Umstände sind nicht danach." Er erhob sich und ging, in Nachdenken versunken, auf und nieder, von einem spähenden Seitenblicke des Bezirkshauptmanns gefolgt, welcher den Gedankenprozeß des Grafen halb und halb errathen zu haben glaubte.

„Ist dieser Schmetz nicht ein Jude?" fragte Com=
tesse Sophie.

„Ein unverkennbarer Orientale!" rief von Rack,
sich rasch umwendend.

In diesem Augenblick bemerkte er, daß Cornelia
mit ihrer Gesellschafterin hart an's Ufer herangerudert
war und das dichte Schilf sich der Landung mit Ge=
walt widersetzte. Mit einigen jugendlichen Sprüngen
stürzte er hin, um den Kahn, der schon mit den Hän=
den zu erreichen war, an's Land zu ziehen. Seine
flugartige Eile, die den beiden Damen sehr auffällig
war, hatte aber auch den alten faulen Spitz, ein böses
verdrießliches Thier, der neben seiner Herrin einge=
schlafen war, aufgeschreckt. Er lief dem Bezirkshaupt=
mann laut bellend nach und zerschlitzte ihm, als er
seine galante Arbeit eben vollbracht hatte, das Bein=
kleid mit seinen Zähnen.

Die erste unwillkürliche Bewegung des Beschädig=
ten wäre, wenn ihn das Auge der Gräfin nicht be=
herrscht hätte, ein grimmiger Fußtritt gewesen, unter
diesen Umständen aber ließ er es bei einer väterlich
milden Anrede bewenden.

„Aber Lara, Lara," sagte er zu dem Hunde, „du
erinnerst mich recht deutlich, daß ich dir heute dein
Bisquit mitzubringen vergessen habe!"

Der Spitz sah ihm mit drohenden Mienen in's
Gesicht . . .

———

Zweites Kapitel.

Spielt in minder vornehmer Gesellschaft weiter.

Auf einer gelichteten Stelle des walbigen Abhanges, der von der Anhöhe, auf welcher das gräfliche Schloß steht, in das Kraßnitzer Thal hinabläuft, sieht man eng zusammengerückt zwischen mäßig großen Felsblöcken mehrere niedere graue Hütten, halb zwischen Erlen und Eschen versteckt. Ihre aus ganzen Baumstämmen rauh zusammengefügten Wände zittern ununterbrochen von der Grundmauer bis zum First von der Wucht niederfallender Hämmer und der dumpfe Takt der Schläge ist weithin hörbar. Seitwärts steht ein größeres, einstöckiges, weißgetünchtes Wohnhaus von ländlicher Bauart, um dessen unteren Theil auf der Sonnenseite Obstbäume und Weinreben am Spaliere

gezogen sind. Hier wohnt Aaron Schepptes, ein ein=
facher, aber sehr reicher und sehr industriöser Mann,
Besitzer der Kraßnitzer Eisenwerke.

Aaron Schepptes ist ein Jude, aber ein solcher,
der im Verkehr mit der ländlichen Bevölkerung die
Schroffheiten und Eigenheiten seines nationalen Typus
so ziemlich abgestreift hat. Man sieht ihm den ge=
machten Mann, den Grundbesitzer an, er selbst scheint
das Bewußtsein in sich zu tragen, daß er ein solideres
Geschäft treibt, als die meisten seiner Glaubensgenossen.
An den Juden mahnt nur noch bei ihm nebst der
Physiognomie, die Devotion, mit welcher er Hochge=
stellten begegnet, eine übertriebene Furcht vor Allem,
was Beamte oder Soldat heißt, und eine große Liebe
zum Gelde.

An jenem selben Morgen, an welchem Graf Thie=
boldsegg den Besuch des Bezirkshauptmanns Freiherrn
von Rack erhielt, saßen zwei Männer in der Garten=
laube hinter dem Eisenhammer vor einem Glase
Wein. Der Eine von beiden, etwa achtundzwanzig
Jahre alt, von starkem, hohem, beinahe athletischem
Bau, mit blauen Augen und blondem Haar, hat ein
festes, derbes aber interessantes Gesicht. Er bekundet

in seiner Sprache den Wiener. Er heißt Philipp
Stropp und ist der Bruder eines in der Residenz sehr
bekannten Mannes, der, nachdem er als Mehlhändler
mit einem kleinen Capitale angefangen, es in kurzer
Zeit durch bedeutende Fruchtlieferungen für die Armee
zum Millionär hinaufgebracht hat.

Der Andere, klein, hager, mit röthlichem, krausem
Haar, lebhaften Augen und vortretendem Kinn ist uns
in seinen Hauptzügen bereits durch die graphische Be=
schreibung von Racks bekannt. Es ist Doctor Schmey,
Redakteur des suspendirten Donaureichs. — Er ist
auf der Reise mit Stropp, den er oberflächlich
kennt, zusammengestoßen und wie Dieser Gast im
Hause des Eisenwerkbesitzers. Aaron Scheppkes hat
es nicht zugelassen, daß er im Wirthshause bleibe und
rechnet es sich zur größten Ehre an, Doctor Schmey
unter seinem Dache zu beherbergen, auf welche Gast=
freundschaft der Genannte auch in dreifacher Eigen=
schaft als Landsmann, Glaubensgenosse und berühmter
Publicist Anspruch hat.

Die beiden Männer in der Laube saßen nachdenk=
lich, beinahe stumm da. Der Wein, das Symbol des
Frohsinns, schien keinen von Beiden zu erheitern. —

Stropp hatte den Gesichtsausbruck eines Menschen, der über die nächsten Schritte, die er zu thun hat, scharf nachdenkt, seine Augen irrten in die Ferne, wo sich an der Berglehne, halb im Grün begraben, ein graues, wie Silber schimmerndes Dach eines weit= läufigen Gebäudes zeigte.

Doctor Schmey's Ernst war anderer Art. Die politische Wendung der Dinge beschäftigte rastlos seinen Kopf, er mußte es für schlechterdings unmöglich halten, sich mit seiner Zeitung fernerhin über dem Wasser zu halten. Eine eigentlich trostlose Zukunft lagerte sich vor ihm hin und es kam ihm in Momenten der Ent= muthigung vor, wie wenn er nach einem kurzen, flüch= tigen Wohlwollen des Glücks da wieder aufhören müsse, wo er angefangen. Er war in den ärmlichsten Verhältnissen aufgewachsen und hatte lange das saure Brod der Abhängigkeit und der Gnade gegessen. Hier in Kraßnitz, eben jetzt, stieg manche bittere Erinnerung in ihm wieder auf und Vergangenheit und Zukunft schienen sich verschmelzen zu wollen.

Dort, über den hohen Berg, der ihm gegenüber lag, hatte er als achtjähriger Junge einem Nachbarn zur Zeit der stärksten Julihitze einen Ranzen mit fünf=

undzwanzig Pfund Fleisch für drei Kreuzer mit Freu=
den hinübergetragen!

Das war seine Vorbereitung für's Gymnasium
gewesen, auf welchem er sich durch Freitische, Lektio=
nen, kleine Stipendien mühsam fortgeholfen!

Das fiel ihm ein und er schämte sich dieser Er=
innerungen. Er warf einen Blick auf seinen derben,
stämmigen Nachbar, und kam sich so klein neben ihm
vor, weil die Wucht kümmerlichen Lebens früh auf
ihm gelastet. Er sah ihn an, erschrocken forschend, ob
er ihm nicht seine Erinnerungen von der Stirn abge=
lesen habe . . . Ihm war die verzeihliche Schwäche
der Emporkömmlinge, ihre ehemals demüthige Stel=
lung zu verbergen, im hohen Grade eigen.

„Wo nur Schepptes bleibt?" rief Philipp gähnend
und die Arme weit ausbreitend. „Er soll mich heut
da hinauf, in die Bergmühle führen, und nun verliere
ich den ganzen Vormittag!"

„Der Mann hat sein Geschäft," erwiderte Doctor
Schmetz, „der ist nicht immer zum Ausgehen bereit,
wie wir, die hier nichts zu thun haben, als den Tag
todtzuschlagen."

„Sie irren sich in Bezug auf mich —" versetzte

Philipp, ruhig aber entschieden. „Ich gedenke die Tage hier keineswegs todtzuschlagen. Ich bin als Geschäftsmann da.“

„Entschuldigen Sie!“ sagte der Redakteur ironisch. „Ich habe Sie im letzten Halbjahr in Wien so viel am Billard und am Whisttisch gesehen, daß meine Aeußerung verzeihlich war!“

„Ich war viel am Whisttisch,“ entgegnete Philipp. „Es war die traurigste Zeit meines Lebens! Denn sehen Sie, ich bin gar nicht zum Faullenzen geboren, in mir steckt ein Kaufmann, ich habe einen rastlosen Thätigkeitstrieb. Ich habe wider Willen gefeiert — Sie wissen doch von meinen Zerwürfnissen mit meinem Bruder?“

„Nur oberflächlich,“ erwiderte der Redakteur, obwohl er die Sache aus Arnold Stropps Munde im Wesentlichen kannte — „nur höchst oberflächlich!“

„Nun, Gottlob!“ rief Philipp, „wir sind wieder vollständig ausgesöhnt — die besten Freunde, mit einem Worte das, was Brüder sein sollen!“

„Ei, ei!“ rief Schmeh, „das überrascht mich wirklich!“

„Wir sind ausgesöhnt,“ sagte Philipp, „und das

3*

auf Grundlagen, die künftighin jeden Zwist unmöglich
machen. Ich werde ein selbstständiges Geschäft über-
nehmen und damit werden alle Reibungen wegfallen."

„Nun, da gratulire ich!" rief Schmey, nicht ohne
daß ein ironischer Zug des Unglaubens um seine
Lippen herum sichtbar geworden wäre.

In diesem Augenblick kam Aaron Schepples, der
Hausherr, sehr aufgeregt und roth im Gesicht heran.

„O, das ist doch eine verdammte Geschichte mit
der Einquartirung!" rief er. „Ist das ein Spektakel,
eine Molestirung! Ich komme seit dem frühen Morgen nicht aus dem Aerger heraus. Ei, das sind mir
saub're Gäste!"

„Ein so guter Patriot, wie Sie, lieber Schepples,"
sagte der Redakteur, „sollte nicht murren, wenn die
Reihe an ihn kommt, die Vertheidiger von Recht und
Ordnung bei sich zu beherbergen."

„Schon gut, schon gut!" sagte der Alte. „Recht
und Ordnung! Die sehen mir nicht aus, als ob sie
gerade für Recht und Ordnung auf der Welt wären!
Da hab' ich vier zigeunermäßige Raitzen im Hause
und vier Pferde im Stalle, die mir meine alten
frommen Braunen krumm und lahm schlagen werden!

Und der Lieutenant — ein Croat — der scheint mir
ein wahrer Eisenfresser zu sein! Er verlangt soeben
eine Matratze, ich erwidere, daß ich sie vor Morgen
nicht schaffen kann. Er meint, das seien Ausreden,
es sei eine kaiserliche Verordnung da, daß den
Herren Offizieren Matratzen gebühren. Ich bemerke
ganz bescheiden, die früheren Herren Offiziere, die bei
mir im Quartier gewesen, hätten die ihrigen mitge=
habt, ich müsse höflichst bitten, bis Morgen Geduld
zu haben, alle Herren Offiziere seien bei mir zufrie=
den gewesen — da wird er ganz wild, klirrt fürchter=
lich mit dem Säbel und sagt: Auch ich bin ein Freund
von Eintracht und guter Nachbarschaft, das aber sage
ich Ihnen, wenn die Matratze heut Abend nicht da
ist, laß' ich Sie von Gensdarmen arretiren, lege Be=
schlag auf Ihr eigenes Bett und — das sagt er
mit erhobener Stimme: lasse Ihnen und Ihren Leu=
ten die Köpfe scheeren, damit ich zur Matratze noch
ein Polster kriege!"

„Ei, da stehen einem ja die Haare zu Berge,"
rief Stropp.

„Ja, so lange man ihrer noch welche hat!" er=
widerte Scheppkes. „Denken Sie sich einen In=

faſſen, der ſich ſein Polſter mit unſern Haaren aus=
ſtopfen laſſen will!"

Er fuhr ſich durch den vollen, krauſen Kopfſchmuck.

„Wie die Dinge jetzt ſtehen," meinte Doctor
Schmey, „ſollte man ſich über ſolche Lappalien gar
nicht aufhalten! So geht's einmal bei unſerm Syſtem
der Einquartirung. In einem Ort, der mir bekannt
iſt, fordert der Offizier ein Zimmer. Man ſagt ihm,
daß dort die Hausfrau krank liege. Er behauptet, ſie
ſtelle ſich nur krank, der Arzt wird gerufen, die De=
batte dauert fort, endlich läßt der Offizier die kranke
Frau ſammt dem Bette in's untere Geſchoß hinab=
tragen. In einem andern Orte findet ſich nirgendwo
ein Haus mit vier Zimmern, wie es der Oberſt
beanſprucht. Was thut man? Man läßt eine Thür
in's Nebenhaus durchbrechen. Alles dies geſchieht
ohne Anſtand, ohne daß die Leute die Courage finden,
ſich gegen ſolche Maaßregeln aufzulehnen. Uebrigens
— ſo geht es in allen Branchen! Wie oft iſt unſer
Blatt beinahe geſetzt, da erſcheint in ſpäter Stunde
ein Befehl, einen Vorfall nicht zu beſprechen oder in
einer beliebten Darſtellung zu bringen. Es koſtet oft
einen ſchweren inneren Kampf, es koſtet oft nahebei

die Ueberzeugung — aber was hilft's? Am nächsten Morgen muß die Matratze geliefert werden."

„Sehr weise," sagte Scheppkes mit lächelndem Beifall, der weniger Gesinnungstüchtigkeit als Coulanz des Geschäftsmannes verrieth. „Die Matratze muß geliefert werden, auch ich werde die meinige heute Abend liefern. Die Politik ist erfunden, um uns durch's Leben zu bringen, nicht um uns aufzuhalten."

„Liebe Freunde!" begann Philipp. „Was soll ich Ihnen geben, damit Sie nicht mehr von Politik sprechen? Politisch Lied, ein garstig Lied! Ein anderes Thema! Ist es wahr, Herr Scheppkes, daß die Grundstücke des Bergmüllers so bedeutend sind?"

„Das will ich glauben," erwiderte der Gefragte. „Er hat mindestens seine hundertzwanzig Strich Aussaat, dabei mögen an funfzig Strich Wiesen und an zweihundert Joch Waldung sein. Im ganzen Ort ist Niemand, der eine so schöne Sach' besitzt und wohlgemerkt, es hängt alles zusammen . . . ."

„Lebt seine Frau noch?" fragte Schmetz mit Interesse, denn die Genannte hatte manche gute That an ihn gethan, als er in Kraßnitz noch als armer Waisenknabe umherzog.

„O, die ist lange todt!" erwiderte Scheppkes.
„Der Sohn ebenfalls. Die zwei Todesfälle, die rasch
auf einander folgten, haben einen bleibenden Eindruck
auf den Müller zurückgelassen. Es ist nicht mehr
derselbe. Ehemals gab es im ganzen Kreise keinen
fröhlicheren Mann."

„Ja, ja," sagte Schmey, „ich erinnere mich noch
dunkel an manche seiner lustigen Streiche!"

„Die Streiche sind ihm noch immer nicht ausge=
gangen," gab Scheppkes zur Antwort. „Nur waren
die früheren lustig und die jetzigen sind recht ernst."

„Wie so?" fragte Schmey, während Philipp, wie
es schien, zum Zwecke genauer Personalkenntniß auf=
merksam zuhörte.

„Er ist ein großer Politiker, ich will sagen: er
politisirt viel, denn nichts kann heut unpolitischer sein,
als seine Gesinnungen an die große Glocke zu hängen.
Er ist aber ein studirter Mann, ist auf dem Gymna=
sium gewesen, und war im Jahre Achtundvierzig sehr
beliebt. Kein Wunder, da er sehr freisinnig ist, ein
grundverständiger Mann, der das Herz auf dem rech=
ten Fleck hat und alle Ortsverhältnisse genau kennt!
Man hat ihn zum Bürgermeister gewählt und da

seine Wahl nicht die obrigkeitliche Bestätigung erhalten,
ist eine Reihe von bösen Geschichten daraus erwachsen.
Der Bergmüller, ein hitziger Kopf, wollte nämlich
lange nicht weichen und, kurz gesagt, mit seinem
Kopf durch die Wand rennen, was, wie Sie wissen,
nicht geht! Endlich wurde er von allen Seiten ange=
feindet und von seiner eigenen Parthei im Stich ge=
lassen. Seitdem lebt er ganz zurückgezogen, nichts
freut ihn mehr, Kraßnitz ist ihm verhaßt und ich
weiß, daß er seit Jahr und Tag daran denkt, seine
ganze Habe zu verkaufen, und Gott weiß wohin, fort=
zuziehen. Es haben auch vor Kurzem Verkaufsunter=
handlungen stattgefunden, sind aber ohne Resultat
geblieben."

„Vielleicht," rief plötzlich Philipp, „werde ich
glücklicher sein! Ich habe nämlich — unter uns ge=
sagt — die Absicht, die Mühle zu kaufen; deshalb
bin ich hier, nicht zum Vergnügen, Herr Doctor!"

„Ha, ha!" lachte Schmey, „Sie wollen Müller wer=
den? Sie, der Theaterhabitué, der Protektor des Bal=
lets, der echte Wiener Bonvivant? Im Kraßnitzbach
giebt's keine Austern und in den Waldcoulissen ringsum
keine freundlichen Nymphen!"

„Sie verkennen mich ganz!" erwiderte Philipp,
der das Gelächter übel nahm, im Innern aber ver=
gnügt schien, sich in der Mühle in der Eigenschaft
eines Käufers vorstellen zu können. „Ich scheine ein
Lebemann und bin's auch gewesen, aber ich habe
die Gabe, mich jeden Augenblick in einen Geschäfts=
mann verwandeln zu können. Doch genug des Geplau=
ders, die Thatsachen werden sprechen. Auf, lassen
Sie uns gehen! Lassen Sie uns die Bergmühle an=
sehen und Bekanntschaft mit Herrn Dubsky machen!"

Sie erhoben sich und verließen den Garten.

Die Drei waren eine kleine halbe Stunde einen
von Hecken eingefaßten Weg gegangen und stiegen,
linker Hand vom Bache begleitet, der sowohl Schepp=
kes' Eisenwerke, als auch Dubsky's Räder in Bewe=
gung setzte, durch wechselnde und anmuthige Gründe
hinan. Der Himmel war blau, die Fluren glänzten
in der Morgensonne, das Getreide, hochemporgeschossen,
senkte das Haupt in Erwartung der Schnittzeit, die
in dieser etwas bergigen Gegend spät eintritt. So
erreichten die Drei gemächlich plaudernd, das Gehöft,
das sie schon lange vor sich gehabt hatten.

Die sogenannte Bergmühle war ein einstöckiges,

aber lang hingezogenes Gebäude mit verschiedenen Seitenflügeln und Nebengebäuden; sie sah äußerst stattlich und behäbig aus. Die weißgetünchten Wände, das weitvorgebaute, wie Schiefer in der Sonne glänzende Schindeldach, das auf phantastisch geschnitzten Tragbalken ruhte, Alles machte den Eindruck alter, von den Voreltern ererbter, ländlich-tüchtiger Wohlhabenheit.

Die Wanderer traten in die Thalsenkung, die gleichsam den Vorhof der Mühle bildete. Da war ein kleiner Teich von Erlen umsäumt, welche ihre Schatten klar im schwarzen Wasserspiegel abzeichneten. Ringsum standen moosige Felsen, theilweise mit Nadelholz bedeckt; das klare Bergwasser schäumte über die arbeitenden Räder und mischte sein Brausen mit dem Tiktak der Mühle. Türkische Enten auf dem kleinen Teich, allerlei Hausgevögel, pickend um den alten Taubenschlag versammelt, eine alte schwarze Katze, die auf dem Geländer der zum ersten Stock hinaufgehenden Freitreppe lag und sich sonnte, bildeten die weitere ländliche Staffage des Bildes.

Man traf den Bergmüller in einem kleinen Stübchen vor einem großen in grüner Leinwand gebundenem

Hauptbuch, in welchem er Zahlen summirte. Er war
ein Funfziger, von untersetzter, gedrungener Statur und
mit jenem jugendlich freundlichen Ausdruck im vollen,
gerötheten Gesicht, der Vertrauen und rasche Fami=
liarität erweckt. Auf seiner breiten Stirn liegt In=
telligenz; der Mund, der gern zu lachen scheint, läßt
zwei Reihen wohlerhaltener Zähne sehen; die Augen
sind blau und blicken freundlich, aber ihre Lebhaftigkeit
läßt auch im Fall des Angriffs eine ganz gehörige
Widerstandskraft erwarten. Er selbst ist aus diesem
Gesicht leicht zu deuten: ein tüchtiger, jovialer Mann,
der nicht viel Worte macht, wohl aber immer das
Rechte findet, wo's Noth thut.

„Ei, lieber Scheppkes!" rief Dubsky, als ihm Je=
ner die beiden Fremden vorgestellt, „welche Ueber=
raschung! Seien Sie herzlich gegrüßt, Herr Stropp!
— Ihr Herr Bruder steht mit mir in vieljähriger
Verbindung und Sie —" er wandte sich an Doctor
Schmey, „sind Sie wirklich der kleine Markus? Klein
sind Sie zwar noch immer, es ist aber aus Ihnen
inzwischen was Tüchtiges geworden! Wie die Jahre
dahinfliegen! Ich erinnere mich, wie Sie mit einigen
Jungen unweit von den Mühlenrädern gebadet haben

— ich fing Sie ab und schrieb Ihnen eine Warnung für künftige Fälle auf den nackten Rücken. Nichts für ungut! Die Striemen sind vergessen? Nicht wahr? Und dieser kleine Gassenjunge, der mich damals so geärgert, ist jetzt der Redakteur einer großen Zeitung, die mir täglich ein solches Bedürfniß ist, wie das Mittagsessen selber! Doch — da ich von der Zeitung spreche — da sind Sie mir eben zu unrechter Zeit in den Wurf gekommen. Warum kriege ich sie nicht mehr seit einigen Tagen? Haben Sie alle Ihre Drucker und Setzer auf die Sommerferien mitgenommen?"

„So wäre ich der Erste," antwortete Schmetz, „der Ihnen sagt, daß unser Blatt suspendirt ist?"

„Suspendirt! O Du mein Herr!" rief Dubsky mit einem tragikomischen Seufzer. „Sehe ich denn die Dinge noch immer zu rosenfarben an? Das wäre mir nicht eingefallen. Suspendirt! War doch immer nur ein gemäßigt-oppositionelles Blatt! Und glauben Sie, daß man es wieder freigiebt?"

„Das kann der einfache staubgeborene Mensch nicht wissen," erwiderte Schmetz bitter scherzend. „Das

steht bei den höheren Militairmächten, den Göttern
der Heerschaaren."

„Ja wohl, die haben jetzt zu entscheiden!" brummte
Dubsky finster, sich mit geballter Faust hinter das
Ohr fahrend. „Jetzt lernt man wieder an den Gott
der Heerschaaren glauben! Nun, Sie, lieber Doctor,
wissen sicherlich so gut wie ich davon zu erzählen.
Doch — still davon. — Sie wollen meine Mühle
kaufen?" sagte er zu Stropp gewendet. „Ich wünschte,
daß der Kauf zu Stande käme.... Ich möchte aus
diesem Neste fort, je eher, je lieber. Sie werden an
mir keinen unbilligen Mann finden, und Sie sehen
mir wie Einer aus, mit dem sich ein vernünftiges
Wort reden läßt. Ja, ja, zu Ihnen hätte ich Zu-
trauen, wenn Sie mir auch nicht durch einen so braven Mann, wie meinen Nachbar Scheppkes empfohlen
würden und einen Namen hätten, der in der Geschäfts-
welt einen so guten Klang hat."

Stropp nickte bescheiden und wollte eine Erwiderung machen, als ein junges Mädchen mit einigen
Flaschen und einem Kaffeebrett, auf welchem Gläser
standen, eintrat.

Das Mädchen — es zählte höchstens achtzehn

Jahre — war die lieblichste Blondine, die sich denken
läßt. Etwas Frisches, lieblich Neckisches, war in
ihrer ganzen Erscheinung. Auf ihren zarten, sanften
Wangen lag das zarteste Roth, das Haar, von dunk=
lem Goldblond, hob sich leicht emporgehoben in natür=
lichen Ringeln von der klaren, reinen Stirn, die
großen, schönen Augen von dunklem Braun leuchteten
beim Aufblick mit einem hinreißenden Feuer. Sie
hatte etwas so Mildes, Weiblich=Sanftes in ihrem
ganzen Wesen. Und doch fehlte es, wie der aufmerk=
same Blick erkannte, diesem zarten Köpfchen nicht an
Ernst und Festigkeit. Diese braunen Augen blickten
sicher und manchmal beinahe trotzig in die Welt, dieser
Mund mit den perlengleichen Zähnen hatte etwas Ener=
gisches. Man merkte gleich in der Art, wie sie das
Tischtuch entfaltete und mit einem raschen Gruß die
Fremden einlud, daß sie sich trotz ihres zarten Alters
als Hausfrau in der Mühle fühlte.

„Meine Tochter Hedwig!" sagte Dubsky. „Mein
einziges Kind!"

„Wohl einzig!" sagte Doctor Schmey mit innigem
Wohlgefallen, während Stropp ruhig dreinschaute und
sich den Schnurbart drehte, „wohl einzig!"

„Bei Gott!" sagte Scheppkes, der, wie die meisten Israeliten, einen regen Sinn für das Familienleben hatte, sein Gläschen leerend, „was Gut und Geld auf Erden werth ist, weiß ich, aber ich begreife nicht, 'wie der ärmste Schlucker ganz unglücklich sein könnte, wenn er eine so liebe, schöne, wohlgerathene Tochter besäße, wie Ihre Hedwig ist! Doch darüber ist nur eine Stimme im ganzen Pfarrbezirke!"

Hedwig erröthete und Dubsky meinte: „Sie kön= nen auch an Ihrer Sarah Freude haben! Das ist ein Mädchen, gegen das die Hedwig da nur ein un= gebildetes und einfältiges Ding ist."

„Meine Sarah," sagte Scheppkes mit Achselzucken, „liest Französisch, kann singen und Clavier spielen. Sie hat es so gewollt. Mir wäre sie eben so lieb, wenn sie das Alles nicht könnte. Wozu braucht das ein Mädchen auf dem Lande? Ja, ich kann wohl sagen, sie hat viele Sachen und Künste gelernt, und wenn sie mich frägt: wie gefällt Dir das? möchte ich antworten: je besser, je schlimmer! Mit dem Clavier ging's noch, da hat sie sich in der letzten Zeit eine Physharmonika angeschafft — o diese Physharmonika — und schon spricht sie wieder von der Zither —"

„Seien Sie nicht ungerecht!" rief Dubsky. „Was man weiß, ist gut, man kann nicht genug lernen —"

„Grundfalsch, da muß ich protestiren!" brauste Scheppkes empor. „Leute, die zu viel wissen und können, werden unausstehlich. Und vollends die Mäd= chen, die Frauen — denen steht die Unwissenheit in tausend Dingen so gut, wie das einfache Hauskleid, in dem man an die Arbeit gehen kann. Denn die Frauen — eitel sind sie Alle — ob sich die Eine mit Bändern und Ohrringen herausputzt, die Andere mit raren Kenntnissen — das läuft auf Eins heraus. Die Eine staffirt sich den Kopf auswendig, die Andere inwendig — das ist der ganze Unterschied! Die Eine will vor ihren Freundinnen den neuen Mantillenschnitt voraus haben — die Andere ihr Englisch oder den Heine und Börne."

„Ei, lieber Herr Scheppkes," rief Hedwig, „Ihr Urtheil ist hart! Müssen wir armen Mädchen denn Alles nur lernen, um damit zu prunken? Man kann freilich leben und glücklich sein im schlichtesten Zimmer und mit dem einfachsten Hausgeräth, aber ist die zu tadeln, die sich den Raum, in dem sie sich bewegt, ausschmückt und verschönert? Das einfache Hauskleid

sie mir, aber manchmal wird dem Herzen sonntäglich zu Muthe, und die Stimmung müssen Sie ihm auch gönnen. Warum der Mädchen, statt immer nach dem Nützlichen, einmal nach Schönen greift, ist es darum zu schelten? Stellen wir nicht auch Blumen aus Fenster, die eigentlich überflüssig sind, um uns an ihrem Duft zu erfreuen?"

„Herrlich! herrlich!" rief Sonnen. „Sie haben diesen Banausen prächtig geschlagen! Sie sind für die Ehre der weiblichen Bildung eingetreten und haben sie mit der Würme eines schönen Gemüths vertheidigt. Ihre Ehre auf Ihre Wohl, mein schönes Fräulein!"

„Ei, die wird bös werden, wenn ein Herr von der Feder sie lobt!" sprach Treder. „Es sind noch aller nur Flausen! Sie treibt Mapel und Dummes durcheinander, wie sich's trifft."

Unter solchem Geplauder hatte man ausgenommen und Vater Treder gab das Zeichen zum Aufbruch, um seinen Gästen die Räumlichkeiten der Mühle und die Grundstücke zu zeigen. Hertwig ging mit.

Der Bergmüller unterzog sich seiner Aufgabe als Wegweiser auf's gewissenhafteste und schenkte den Mügehenden die Besichtigung keines noch so unbedeutenden, noch so schwer zugänglichen Gelasses. Er begann mit den geräumigen Kammern, wo hier die von den Landleuten herbeigeschafften Getreidesäcke aufgestaut lagen, dort das Mehl der Verladung harrte, wobei denn ein Langes und Breites von der Kraßnitzer Mühlengerechtigkeit gesprochen wurde, und führte dann seine Gäste in die Mahlkammer hinab, deren schmucke und praktische Einrichtung alle Anerkennung fand. Und nun ging's weiter durch das alte, phantastische, wie von einem geheimen Leben pulsirende Labyrinth von Kammern und Kämmerchen, wie man es eben in einer ehrbaren, alten und alterthümlichen Mühle auf dem Lande findet.

Dubsky war mit Stropp, der ganz Geschäftsmann schien, weit vorangegangen, während die Uebrigen weit hinten zurückblieben und sich Zeit ließen, mit Hedwig zu scherzen und zu lachen. Doctor Schmey war ganz entzückt von dem Kinde und vergaß auf dem Wege alle Kriegsgerichte, Censur, den Herrn von Rack und die ganze Reaction.

Stropp fiel es auf, daß Dubsky, der doch kein Loch unbesehen ließ, mit einem Kämmerchen im obern

Stockwerk eine Ausnahme machte. Er drehte den im
Schlosse steckenden Schlüssel rasch um und schob ihn
in die Tasche.

„Was ist das für eine Kammer?" fragte Stropp
scheinbar unverfänglich.

„Die hat kein Fenster," erwiderte der Bergmüller
rasch weiter eilend, mit plötzlich ernsten Mienen.

Der Zufall strafte ihn Lügen. Nachdem der
Schlüssel abgezogen war, zeigte sich der Thür gegen=
über auf der weißgetünchten Wand ein Licht, das nur
zu klar bewies, daß die Sonne gerade in die Kammer
scheine.

„Mir war es doch," sagte Stropp, „wie wenn
Jemand darin gewesen wäre?"

„Der hätte sich gewiß gemeldet!" rief der Müller
und stieg, wie es schien, eiliger als nöthig, die Treppe
herunter.

Nun ging es an die Wiesen, Aecker und den Wald.
Stropp besichtigte sie fortwährend mit den Mienen
des ernst an den Kauf denkenden Geschäftsmannes,
und Dubsky, dem das seiner Besitzung und deren
Verwaltung gespendete Lob schmeichelte, war oft über

die sachkundigen Bemerkungen eines so jungen Mannes
ganz erstaunt.

„Ich wundere mich nur," sagte er zuletzt, „daß
ein Mann von Ihren Kenntnissen und Mitteln sich
hier in Kraßnitz vergraben will, zumal Sie einen
Bruder haben, mit dessen Hülfe es Ihnen leicht wäre,
irgend ein Geschäft in einer großen Stadt anzulegen."

Stropp lächelte überlegen und sagte erst dann:
„Was heißt heutzutage eine große Stadt? Der Ge=
schäftsmann sieht nicht auf die Bewohnerzahl, sondern
auf den Ort, wo es sich leicht und gut producirt,
wo sich ein gutes Verkehrsnetz befindet und ein Markt
ist. Das ist dann für ihn eine große Stadt."

„Sie werden nicht sagen," bemerkte Dubsky scep=
tisch, „daß das in Kraßnitz der Fall ist?"

„Heute noch nicht," erwiderte Stropp unendlich
sicher, „aber morgen, vielleicht übermorgen. Wie
dann, wenn in ein, zwei, drei Jahren eine Eisenbahn
hier durchzöge?"

„Ja," sagte Dubsky, „dann freilich hätte die Sache
ein anderes Gesicht!"

„Es ist eigentlich unklug von mir," sprach Stropp,
„daß ich als Käufer davon rede, aber ich weiß, daß

Sie nicht der Mann sind, der aus meinen Mitthei=
lungen einen unbilligen Vortheil zieht. Die Eisenbahn,
von der ich gesprochen, ist eine beschlossene Sache."

„Ah!" rief Dubsky hochverwundert.

„Mein Bruder Arnold," sprach Stropp, „hat, wie
Sie wissen, große Connexionen. Er hat mir Alles an
die Hand gegeben. Unsere Regierung, der man Reac=
tion vorwirft, hat aus der letzten Revolution viel ge=
lernt. Sie wird freilich jene Freiheiten, die die
Völker verlangen, nicht geben, wird aber das Uebel
auf einer andern Stelle, und, wie ich glaube, an der
richtigsten, curiren. Der Handel, die Gewerbe werden
mit aller Macht gehoben, Eisenbahnen und Verkehrs=
wege gebaut, eine Marine geschaffen werden. Oest=
reich muß ein Industriestaat ersten Ranges werden.
Die allgemeine Wohlfahrt wird allen Freiheitsgelüsten
den Stachel nehmen."

„Sie glauben?" erwiderte Dubsky im Tone des
Zweifels. „Ich höre und lese immer, daß gerade die
Freiheit das Mittel und der Weg zur Wohlfahrt ist.
Ich meine, daß das befruchtende Element für Handel,
Verkehr und Gewerbsflor solche staatliche Einrichtungen
sind, durch welche die Völker glücklich und zufrieden=

gestellt werden, und daß Handel, Verkehr und Ge=
werbe kein System vertragen, das dem Volke mit Ge=
walt aufgedrängt wird."

„Ich theile fast durchwegs Ihre Ansichten," erwi=
derte Stropp, „doch — lassen wir uns nicht in theore=
tische Debatten ein! Ich sage Ihnen, an Kraßnitz
vorüber wird in einigen Jahren eine Eisenbahn laufen.
Da wäre das Geschäft verdreifacht! Man müßte die
herrlichen Wasserkräfte auf's Aeußerste beschäftigen,
eine Dampfmühle errichten, ein Exportgeschäft nach
dem nahen Bayern organisiren. So muß man die
Sache angreifen — dann kann man auch eines großen
Erfolges gewiß sein."

Dubsky war von dem Unternehmungsgeiste des
jungen Mannes ganz hingerissen. Er sah ihm bei=
stimmend im Geiste zu, wenn auch damit nicht gesagt
ist, daß er sich, als ein in seinen Kreisen sehr ver=
ständiger Mann, an der verwegenen Spekulation mit
einem Capital betheiligt hätte.

„Natürlich billigt es Ihr Bruder?" fragte er.

„Nur halb und halb," lautete Stropps Antwort.

„Ihm wäre es am liebsten, wenn ich in seinem Ge=
schäfte, das er selbst kaum übersehen kann, geblieben

wäre. Doch, mein Gott! man will sich auf seine
eigenen Füße stellen. Eins ist aber sicher: wenn mich
mein Bruder in der ersten Zeit ganz entbehren könnte,
er wäre der Erste, der mich zum Ankauf der Mühle
antriebe."

Man war inzwischen wieder beim Hause einge=
troffen. Stropp hatte sich entschlossen, die Mühle zu
kaufen und kam mit dem Bergmüller überein, daß er
Nachmittags wieder erscheinen werde, um von den
Büchern Einsicht zu nehmen. Der Müller freute sich,
einen so soliden Käufer gefunden zu haben und ver=
sprach, einen annehmbaren Preis zu fixiren und Stropp
alle Bequemlichkeiten bei der Erlegung desselben zu
gewähren. Er sagte sogar, daß es ihm lieb wäre,
zwei Drittel in seinem eignen Interesse auf der Mühle
stehen lassen zu dürfen.

Mit diesem Anfange hochzufrieden, entfernte sich
Stropp mit seinen beiden Begleitern.

„Das ist ein prächtiger Mensch, dieser Stropp!"
rief der Müller, als er mit Hedwig wieder auf der
Stube allein war.

„Er ist sehr ernst für sein Alter," erwiderte Hed=
wig. „Er macht eine rechte Ausnahme von den Stadt=

herren, die den Mädchen immer schön thun. — Wird
er die Mühle kaufen?"

„An mir soll es nicht liegen, wenn der Handel
nicht zu Stande kommt," meinte Dubsky.

„Ach, wie ungern werde ich das Haus verlassen!"
seufzte Hedwig. „Alle meine Erinnerungen bleiben
hier! Doch — wir haben darüber schon oft gesprochen
— ich will Dir nicht im Wege stehen."

Dubsky zog sein Kind zärtlich an sich, küßte es
auf die Stirn und sagte schelmisch lächelnd:

„Du gehst ungern aus der Mühle. Der Käufer
ist ein prächtiger Mensch und wird eine Frau brauchen.
Vielleicht —"

Hedwig sah dem Vater ernst und traurig in die
Augen, dann belebte sich ihr Gesicht, sie sagte: „Woran
denkst Du! Der Herr hat mich ja kaum beachtet."

Dann flog sie davon.

———

Drittes Kapitel.

Was man im Eisenhammer bei Tische plaudert.

Während der für weibliche Schönheit äußerst em-
pfindliche Doctor Schmey noch an Hedwigs Seite
Süßholz raspelte, wurde er schon von Fräulein Sarah
Scheppkes mit besonderer Sehnsucht am Gartenzaun
erwartet. Er hatte nämlich, ohne es zu ahnen, auf
das Gemüth des Mädchens einen gewaltigen Eindruck
gemacht. Sarah war ein eigenthümliches Wesen. Voll
idealer Anflüge und voll des Unglücks, auf dem Lande,
unter Menschen, deren Bildungsgrad sie tief verachtete,
leben zu müssen, besaß sie dennoch einen klaren Sinn
für das Häuslich-Praktische. Wo sich das Hausbackene
mit dem Phantastischen in hohem Maße verbindet,
wird nicht selten das Drollige geboren und so konnte

es nicht ausbleiben, daß auch das hochgebildete Land=
judenmädchen nicht selten dem Gespött verfallen mußte.
Sie war unstreitig zur Gattung der Blaustrümpfe zu
zählen, aber zu der eigenen Spielart, wie sie nur auf
dem Lande gedeiht, in einer gewissermaßen hinter der
Zeit zurückgebliebenen Form und Farbe.

Es war natürlich, daß ihr Herz einem Manne wie
Schmey, mit dem sie auch der gemeinsame Glaube
verband, rasch entgegenschlagen mußte. Schmey's
Aeußeres hatte zwar nicht den Zauber, der Herzen ge=
winnt, aber die Erfahrung aller Zeiten bestätigt, daß
in den Augen der Damen die Schönheit des Mannes
neben dessen Geist und gesellschaftlicher Bedeutung als
völlig unwesentlich erscheint.

Schmey war klein und unansehnlich, seine Gesichts=
bildung von unverkennbar jüdischem Typus und bei=
nahe häßlich zu nennen. Seine Augen aber waren
von angenehmer Lebhaftigkeit und großer Ausdrucks=
fähigkeit. Das wußte er und war ewig bemüht, durch
ein coquettes Augenspiel seine stiefmütterlich bedachte
Erscheinung zu idealisiren. War er auch kein Genie,
so besaß er immerhin einen ausgezeichneten Verstand,
weltmännische Routine und einen sichern Instinkt, die

Menschen zu behandeln und ihre Interessen zu durch=
blicken — ein seinem Stamme angeborenes Talent.
Er hatte auch eine gewisse Dialektik, die von Scharf=
sinn und Tiefe entfernt war, aber auch nicht an's
Banale und Alltägliche streifte. Für ein Mädchen wie
Sarah hatte er eine umstrickende Beredsamkeit. Ent=
scheidend war aber seine Wirkung durch seine Stellung
als Redakteur eines der ersten Oppositionsblätter, das
den Mann und alle seine Eigenschaften gleichsam auf
einen Sockel hob.

Als Schmeh in Begleitung Stropps und Vater
Schepples' sich dem Hause näherte, flatterte Sarah
in einem hellen, duftigen, romantischen Gewande den
Gästen vogelleicht entgegen. Der Anzug contrastirte
mit der kleinen, vollen, untersetzten Gestalt und mußte,
wenn man eben von der poetischen Hedwig entzückt
herkam, einen ungünstigen Eindruck machen.

Sarah's Gesicht war voll und stark, aber gesund
gefärbt, die Haare tiefschwarz.

„Sie kommen spät," sagte sie zierlich, vor freudiger
Erregung lächelnd. „Ich fing schon zu fürchten an,
daß die schöne Bergmüllertochter Sie in ihre Fesseln
geschlagen und als ihre Sclaven bei sich behalten habe."

„Mein Fräulein," erwiederte der Doctor, der noch immer an Hedwig dachte, mit einer riesigen Anstrengung der Galanterie, „ich sage mit Hamlet: hier ist ein stärkerer Magnet!" — Er reichte der vor ihm Stehenden ein Bouquet Feldblumen, die er auf dem Heimwege gebrochen.

Man ging zu Tische. Während des Essens kam Sarah wieder auf Hedwig zu sprechen. Sie sagte: „Es ist mir unbegreiflich, daß die beiden Herren, die noch immer so viel von der Mühle sprechen, kein Wort über die schöne Müllerin fallen lassen. Ich sollte glauben, Sie müßten von ihr entzückt sein!"

Stropp, der im Geheimen ganz entzückt war, sagte: „Es ist wirklich keine Affectation von mir, wenn ich sage, daß ich das Mädchen nur im Fluge und wie im Traume gesehen habe. Sie wissen, meine Herren —"

„Das kann ich bezeugen!" fiel Vater Schepples rasch ein. „Herr Stropp ist gar nicht von des Alten Seite gewichen. Das begreift sich aber auch. Mit einem solchen Kauf ist eine große Verantwortlichkeit verbunden."

„Um so mehr," fügte Stropp hinzu, „da ich nicht

ganz freie Hand habe. Mein Bruder übt strenge
Controlle und ich möchte nicht um Alles in der Welt,
daß das gute Verhältniß, das jetzt zwischen uns be=
steht, wieder getrübt werde."

„Sie, Herr Doctor," wandte sich Sarah an
Schmey, „haben dort keinen Kauf beabsichtigt. Was
sagen Sie?"

Der Doctor, die weibliche Eitelkeit richtig berech=
nend, entgegnete kühl:

„Recht nett, sogar sehr nett, aber doch nur eine
Dorfschönheit. Diese Art von Gesichtern findet man
eigentlich nur schön, wenn man sie unter einem länd=
lichen Dache antrifft. In ein Boudoir versetzt, ist
diese Schönheit plump. Es gibt Mädchen, die uns
nur im Mieder und mit dem runden Strohhut gefallen."

„Auch meine Meinung," erwiederte Sarah langsam
und gedehnt, wie wenn ihre Eitelkeit nicht gleich den
Muth fände, so schrecklich ungerecht zu sein. „Manche
Mädchen sind in der That wie die Blüthe der Wald=
rebe. Im Walde duftet sie; verpflanzt man sie in den
Garten, so wird sie gewöhnlich."

„Ein geistreiches Bild!" rief Schmey. „Nur muß
ich, obwohl ein höchst mittelmäßiger Botaniker, hinzu=

setzen, daß nich alle Feld= und Waldblumen ein ähnliches Loos trifft. Es gibt Blumen, die gewissermaßen nur durch ein stiefmütterliches Geschick in die Einsamkeit gestellt worden sind und die erst im Garten und im Treibhaus ihre volle Entfaltung und Vereblung erhalten."

Sarah fuhr auf ihrem Stuhl entzückt empor, sie nur konnte mit der Blume gemeint sein, die in ländlicher Einsamkeit stand und doch eigentlich geboren war, einen Salon zu zieren. So verstanden und gerade von Schmetz so verstanden zu werden, war für sie von einer geheimnißvollen aber seligen Vorbedeutung! Von diesem Compliment vollkommen gesättigt und verlegen, was sie darauf erwiedern solle, wandte sie sich an ihren Tischnachbar zur andern Seite.

„Aber Herr Stropp," sagte sie, „wir haben über Tisch kaum ein paar Worte von Ihnen gehört. Was sind Sie so nachdenklich? Wo stecken Ihre Gedanken? In Wien oder in der Bergmühle?"

„Ich finde selbst," versetzte der Angeredete, „daß ich ungewöhnlich ernst und stumm bin; sonst müßte mich Ihre liebenswürdige Munterkeit längst erwärmt haben. Ich rechne immerfort — ich rechne — und doch ist es fast unnütz — in diesem Momente jeden-

falls unartig ... Ich will mich bessern! Ich will
gleich von Hedwig zu reden anfangen. Das Mädchen
scheint unendlich eingezogen zu leben —"

„O sehr, sehr!"

„Ist es ihr Geschmack oder des Vaters Wille?"

„Eigentlich kömmt Beides zusammen."

„Wie ich meine, kann sie kaum zwanzig Jahre
zählen?"

„O, nicht so viel, höchstens achtzehn."

„Allerdings," bekräftigte Vater Scheppkes. „Achtzehn Jahre. An ihrem Tauftag hat der Blitz in den
Kirchthurm eingeschlagen. Es sind im nächsten Sep-
tember achtzehn Jahre."

„So jung!" rief Stropp. „Die kann von der lieben
Welt nichts wissen!"

„Und ich sage Ihnen dagegen, die führt das Haus-
wesen wie eine echte Hausmutter. Und das ist keine
Kleinigkeit, wenn man täglich zwanzig Menschen am
Tische hat."

„Das ist schön! Ich wundere mich nur, daß ein
so reiches Mädchen noch keinen Freier hat. Auf dem
Lande —"

„Sie ist ja noch so jung," meinte Frau Scheppkes.

„Dazu sind Mädchen nie zu jung!" lachte der Vater.

„Ich finde sie seit einem Jahre doch sehr verändert," sagte Sarah, wie Eine, die schüchtern anfängt, etwas ohne Mißdeutung an den Mann zu bringen.

„In wiefern?" fragte der Vater ganz unbefangen.

„Ich spreche sie sehr oft und besitze einige Beobachtungsgabe. Sie hütet sich, etwas davon merken zu lassen, aber meinem Auge entgeht es nicht."

„Pah, Du meinst die Sache mit Julius Werner?" Stropp zuckte heimlich zusammen.

„Und wäre das so falsch geschlossen?" fragte Sarah mit einem sichern Blicke.

„Ei," sagte die Mutter, „das war ein Spiel und ist gewiß lange vergessen!"

„Glaub' es nicht, Mutter. Ich weiß, was ich weiß!"

„Was Sie da sagen!" rief Stropp, sich schon auf das Aergste gefaßt machend. „Ein Mädchen, das so kindlich, so unerfahren aussieht!"

„Nun, Sarah," sprach der Vater unwillig, „jetzt sage, was Du weißt, damit die Leute nicht, Gott weiß was, denken. Hedwig hat diesen Julius Werner gern gesehen. Böses kann man ihr darum nicht nachsagen."

„Gott behüte," rief Sarah. „Freilich meine ich den Julius Werner! Ist es denn keiner Rede werth, wenn ein so junges Mädchen einen so verzehrenden Liebeskummer im Herzen trägt?"

„Ah!" rief Stropp erbleichend. „Will es der Vater nicht zugeben?"

„So weit ist es eigentlich nicht gekommen," sprach Sarah. „Gewiß ist es aber — das weiß ganz Kraß- nitz — daß sie sich sehr gern gesehen. Werner war damals Kaufmann. Da kam das Jahr Achtundvierzig. In Folge eines Streites, den er mit dem Bergmüller gehabt haben soll, ging er als Freiwilliger nach Schles- wig-Holstein, war aber zur Zeit der Oktoberrevolution wieder in Wien. Von dort stammt die letzte Nach- richt über ihn. Seitdem ist er verschwunden und verschollen."

„O, das ist sehr traurig!" sagte Stropp, froh auf- athmend.

„Auf solche Art," meinte Schmey, „ist er schwerlich mehr unter den Lebenden. Der ist in Wien umge- kommen oder auf der Flucht. Man hat so viel ähn-

liche Beispiele! Hedwig hofft wohl noch auf seine Wie=
derkehr und das stärkt ihren Gram."

„Ich glaube," versetzte Sarah, „sie ist eben des=
halb so unglücklich, weil sie nichts mehr hofft!"

„In diesem Alter," fuhr es aus Stropp heraus,
„findet sich immer Trost!"

„Das kommt nicht auf die Jahre, sondern auf das
Mädchen an," erwiderte Sarah. „Thekla hat sich auch
nicht mehr getröstet, als Max gefallen war."

„Halten Sie Hedwig für so tieffühlend?" fragte
Schmetz.

„Ich halte sie für ein ausgezeichnetes, seltenes
Mädchen, dem nur etwas Bildung fehlt, um Alles,
was es denkt und fühlt, in Worte zu kleiden."

„Vor Ihrer Menschenkenntniß muß man Respekt
haben!" rief Schmetz, dem die vernommene Ansicht
über Hedwig nicht unwahrscheinlich vorkam, in soweit
er darüber nach seiner kurzen Unterhaltung mit der
Müllertochter urtheilen konnte. „Sie zeigen mir die
kleine Müllerin in einem ganz neuen Lichte und jetzt
weiß ich erst, warum ihr kindliches Wesen, mit einem
frühzeitigen, in Herzeleid gereiften Ernst verbunden,

5*

mich so eigen berührte. Sie lösen mir das Räthsel
mit einem Worte!"

So wurde noch eine ganze Weile geplaudert.
Inzwischen war der Tisch zu Ende und die Gesell=
schaft begab sich in das Gartenhäuschen, um dort den
Caffee zu nehmen. Kaum hatte man sich niedergesetzt,
als ein scharfes Getrabe von mehreren Pferden auf
der Landstraße, die hart am Garten vorüberführte,
näher und näher kam.

Sarah, Stropp, die Eheleute Scheppkes voran,
eilten an den Zaun, um das Schauspiel der Cavalcade
nicht zu versäumen. Nur Schmetz blieb unbewegt,
kaum hatte er den Kopf jener Seite zugewendet.

Mehrere Herren, darunter ein paar Offiziere, und
zwei Damen in langen wallenden Reitkleidern passirten,
halb in eine Staubwolke gehüllt, die Allee, die zum
gräflichen Schlosse führte.

„Die Comtesse Cornelia und eine fremde, wunder=
schöne Dame!" rief Sarah.

„Aber," rief Schmetz höhnisch den an den Tisch Zu=
rückkehrenden entgegen, „wie können Sie diesem hoch=
müthigen Volk den Gefallen erweisen, es anzustarren?"

„Sie irren, Herr Doctor," sagte Sarah, um

Schmey's Achtung besorgt, da sie diese Schwäche ge=
zeigt hatte. „Ich wollte nur die Comtesse Cornelia
sehen ... Ach, die ist so schön, ich sehe sie so leiden=
schaftlich gern —"

„Das mag sein," fuhr Schmey fort, „aber die
stolzen Reiter werden das nicht glauben! Wenn man
sie ignorirt, sind sie unglücklich, sie haben Zuschauer
nöthig, um ihren Flitterglanz zu zeigen und dafür
sehen sie auch auf dieselben von ihren Rossen veräct=
lich herab und scheinen mit ihren kalten, starren Blicken
zu sagen: Du bist mir ganz unbekannt, bürgerliches
Gesindel!"

„Da sieht man den Demokraten!" rief Scheppkes.

„Und der Herr Doctor hat nicht ganz Unrecht,"
fügte die Frau hinzu. „Ob je der Herr Graf oder
die Comtesse uns angesprochen? Und wir sind ihre
nächsten Nachbarn seit dreißig Jahren!"

„Das ist wahr," sagte Scheppkes, „aber was hat
der Graf mit uns zu thun? Er spricht mit Nieman=
dem im Orte. Dennoch, wo er der Gemeinde einen
Dienst erweisen kann, geschieht's."

„Es wäre besser," versetzte Schmey, „die Gemeinde
hätte seine Wohlthaten nicht nöthig. Was er hier

einer Gemeinde gibt, nimmt er in Wien tausend
anderen. Ah! Gehen Sie mir mit diesem Rück=
schrittsmann, mit diesem Famulus Metternichs, der
sich jetzt über die Erbschaft seines Meisters hermacht
und sie vermuthlich verworrener zurücklassen wird, als
er sie gefunden! Mein Blatt hat ihn von Anfang an
bekämpft und wird ihn bekämpfen bis zum letzten
Hauche!"

Sarah war von dieser politischen Leidenschaft ganz
entzückt. Selbst der alte Scheppkes konnte dem Red=
ner eine gewisse Bewunderung nicht versagen.

„Gott!" rief er. „Was ein Journal wie das
Ihrige für eine Macht hat! Wenn hier Jemand über
den Herrn Grafen ein Wort sagte, er würde einge=
steckt werden! Sie schreiben das öffentlich und es
wird von Tausenden gelesen, welche an der Opposition
das größte Vergnügen haben!"

In demselben Moment trat ein galonnirter Lakai
in blauer Livree und weißer Halsbinde rasch in den
Garten.

„Um Entschuldigung," — wandte er sich an den
Hausvater, „wohnt nicht bei Ihnen Herr Doctor
Schmey?"

„Ich bin es," erwiderte dieser, sich erhebend.
„Was wünschen Sie?"

„Seine Excellenz," lautete die Antwort, „der Graf
von Thieboldsegg lassen den Herrn Doctor bitten,
heute Abends um acht Uhr zum Thee zu erscheinen.
Ganz en famille."

Schmey war, wie die Uebrigen, ganz verdutzt, die
Antwort wollte ihm nicht zur Kehle heraus. Endlich
sagte er gemessen:

„Ich werde die Ehre haben."

Der Lakai entfernte sich mit tiefen Verbeugungen.

„Seltsam!" sagte Schmey. „Was will dieser
starre Aristokrat von mir? Hat nicht am Ende eine
Verwechselung stattgefunden?

„Wie wäre das möglich!" riefen Mehrere wie aus
einem Munde.

„Eine Einladung vom Excellenz=Grafen!" rief
Scheppkes, über die Ehre, die seinem Glaubensge=
nossen und Gastfreund so unverhofft widerfuhr, ganz
glücklich. „Das kann nur etwas Gutes bedeuten!
Und ganz en famille! Wirklich, wir haben eben ge=
klagt! Es war Unrecht. Die Stände nähern sich —

die Großen steigen herunter — der Excellenz-Graf selbst — o, Schmey, — wenn Ihr seliger Vater das erlebt hätte! — Ganz en famille! — Sarah! Sarah!"

Er schloß seine Tochter entzückt in die Arme.

———

Viertes Kapitel.

Wie die vornehme Soiree verläuft.

Die Gesellschaft im Schlosse hatte im Lauf des Nachmittags einen Zuwachs erhalten. Der General Baron von Greifenstein, ein alter Herr, war mit seiner Gemahlin angekommen und dort einquartirt worden.

Der General war ein Mann von jenem unverfälschten, altösterreichischen Typus, welcher einer vergangenen Generation angehört und die Bedingungen seiner Entwickelung in der Gegenwart nicht mehr findet. Jene biederherzige Gemüthlichkeit, welche von der äußersten Nachgiebigkeit bis zur heftigsten Starrköpfigkeit geht, aber aller Verstellung und Falschheit unfähig ist, stellte sich in ihm zugleich mit der offensten Vorliebe für's Althergebrachte in ihrer ganzen Rein-

heit dar. In der Epoche, in der er geboren wurde,
war es noch nicht Mode, seine Ursprünglichkeit durch
Schulbildung in einem besonderen Grade zu verderben,
wenn man nicht eben ein Professor oder ein Gelehrter
überhaupt werden wollte. Baron Greifenstein hatte
sich die größte Urwüchsigkeit bewahrt und alle Welt-
begebenheiten, alle Fortschritte der letzten funfzig Jahre
hatten diese nicht erschüttert, sondern wunderbarer
Weise nur befestigt. In der Erfüllung seiner Pflich-
ten war er die Pünktlichkeit selbst, in soweit diese von
der Dienstordnung befohlen war. Er unterzog sich da
jeder Strapaze, während er das übrige Leben als einen
Lehnstuhl betrachtete, dem kein schwerer Gedanke nahen
durfte. So kommt es, daß der alte Haudegen ein
Alter von achtundfunfzig Jahren erreicht, ohne jemals
ein anderes Buch als den Militärschematismus und
das Offiziersreglement in der Hand gehabt zu haben.
Seltsam und bezeichnend ist seine Scheu vor der Feder.
Es kostet ihm die größte Anstrengung, auch nur seinen
Namen zu unterzeichnen; ein Blatt Papier mit Buch-
staben zu bedecken, kurz einen Brief schreiben, hält er
für eine Aufgabe, die nur ein Literat von besonderem
Talent bewältigen könne.

Dieser greise Krieger hat ein volles, starkgeröthetes Gesicht, dessen Ausdruck aus einer merkwürdigen Verbindung von Gutmüthigkeit und corporalmäßiger Strenge besteht. Sein Schnurrbart, der einst, wie noch aus einzelnen Parthieen ersichtlich, von einem röthlichen Blond gewesen sein mag, jetzt aber beinahe ganz ergraut ist, imponirt durch merkwürdige Länge und Breite. Er ist nach dem Vorbild jenes energischen Feldherrn zugeschnitten, dem der General in den letzten Jahren unterstand, eine Combination von Schnurr- und Backenbart und contrastirt seltsam mit seiner natürlichen Kopfbedeckung. Diese ist von einer großen, beinahe ängstlichen Dürftigkeit. Alle Haare sind durch die äußersten Zwangsmaßregeln zusammen berufen worden, um eine Art Kuppel über den kahl gewordenen Scheitel zu bilden und treffen in der Mitte des Kopfs in einer Art Arkade, im Spitzbogenstyl gedacht, zusammen. Aber sie krönen dort, wie es scheint, nur den Sitz bescheidener Geisteskräfte, während die Kauorgane, von jenem mächtigen Hahnanschnurrbart beschattet, ganz wunderbar präponderiren.

Gegen Abend war die ganze Gesellschaft im Kastanienwäldchen versammelt und erwartete nur die

letzten Gäste, um den Thee zu nehmen. In dem Pa=
villon an der Cascade stand der gedeckte Tisch und
auf demselben der im Scheine zweier Lampen blinkende
silberne Theekessel.

Der General war der Einzige und Erste, den ein
immer treuer Appetit hingezogen hatte. Er unterhielt
schon ganz ungenirt ein ziemlich lebhaftes Vorposten=
gefecht mit den kalten Speisen, welche seine Kampflust
nicht ungestraft herausgefordert hatten.

Der Rest der Gesellschaft umstand im Halbkreis
einen jungen Rittmeister und hörte einer Erzählung
aus dem italienischen Feldzuge mit hohem Interesse
zu. Der Rittmeister, Arthur Halbenried mit Namen,
ein hochaufgeschossener junger Mann mit einem inter=
essanten und intelligenten Kopfe, keckblickenden blauen
Augen und langem blonden Schnurrbart, war einer
der in Kraßnitz einquartirten Offiziere und der erste
seiner Kriegsgefährten, welcher sich einer Einladung
bei dem Grafen zu erfreuen hatte. Er besaß gewisser=
maßen den Vorzug eines alten Bekannten durch den
Umstand, daß er den Grafen auf dessen Durchreise
in Verona zur Besichtigung des dortigen, damals eben
im Bau begriffenen befestigten Lagers als Dollmetsch

begleitet hatte. Die Baronin drängte den jungen
Mann durch immer erneuerte Fragen zur detaillir=
testen Erzählung und markirte in starken Zügen das
Interesse, das sie daran nahm. Endlich trat der Graf
aus dem lauschenden Halbkreise einige Schritte heraus
und rief einen alten Diener, der in einiger Entfernung
stand, an.

„Auf ein Wort, Koß! Wo bleibt Doctor Schmey?
Sollte er nicht kommen?"

„Gnädiger Herr," erwiderte der alte Koß, „ich will
unter einem Vorwand zu Scheppkes herabgehen und
mich unterrichten. Zugesagt hat er es."

Doch ehe er mit seiner Rede zu Ende gekommen,
erschien der Vermißte an der Ecke des Schloßflügels
und — durch ein sonderbares Zusammentreffen —
dicht hinter ihm, als ob er den compromittirten Schrift=
steller escortire, der Bezirkshauptmann.

Aller Augen waren im Nu auf den Doctor ge=
richtet, theils aus Neugier, theils durch den Stachel
mächtiger Vorurtheile, während man ihn doch äußerlich
ganz zu ignoriren schien und Herrn von Rack mit
affektirter Zuvorkommenheit und Liebenswürdigkeit em=
pfing. Nur der Graf machte eine Ausnahme und

ging dem Redakteur, welcher im schwarzen Anzug, mit
weißer Weste und Binde angethan, unter den obwal=
tenden Umständen in einer ihm ganz fremden Gesell=
schaft eine begreifliche Gène empfinden mußte, sogleich
entgegen.

„Herr Doctor," redete er ihn an, „wenn meine
Einladung Sie befremdet haben sollte, so dürfen Sie
es getrost auf die Rechnung Derer schreiben, die mir
den Ruf übermäßiger politischer Intoleranz verschafft
haben. Ich achte jede fremde Ueberzeugung, selbst
wenn ich sie bekämpfen muß, besonders wenn dieselbe,
wie in Ihrem Donaureich, mit so viel Talent und
Erfolg aufzutreten vermag."

Schmety verbeugte sich stumm.

„Sie sehen," fuhr der Graf mit einem seltsamen
Lächeln fort, „daß ich mich geflissentlich bei Ihnen
auf den Standpunkt eines Gegners stelle und nicht
auf den Ihres ehemaligen Gutsherrn, welchen auch
ein rein gemüthliches Interesse treiben konnte, sich ein
Kraßnitzer Kind nach Jahren wieder anzusehen, welches
sich aus den beengendsten Verhältnissen herausgearbeitet,
um eine Rolle in der Welt zu spielen. Alles, um
nicht in den Verdacht zu kommen, daß die abgeschaffte

patriarchalische Gerichtsbarkeit, gegen die Ihr Blatt
so heftig gekämpft, noch in meinem Kopfe herumspukt."

Schmey beantwortete diese freundliche, eigentlich
liberale und doch auch von Anmaßung nicht ganz freie
Anrede unter Bücklingen mit der schmeichelhaftesten
Anerkennung, aber bei aller erregten Eitelkeit leuchtete
seinem praktischen Kopfe doch nicht ein, daß sich hinter
der Liebenswürdigkeit des Grafen nicht irgend ein
sachliches Interesse verstecken sollte.

Während des kurzen Gesprächs hatte die übrige
Gesellschaft, von Cornelia geführt, im Pavillon Platz
genommen. Frau von Wallhof hatte sich eiligst
der Nachbarschaft des interessanten Rittmeisters ver-
sichert, zwischen sie und Comtesse Sophie hatte sich
Herr von Rack gesetzt, gleichsam um gegen die Re-
gungen seines noch immer verliebten Herzens einen
moralischen Halt zur Hand zu haben. Neben der
frommen Tante saß Cornelia, die die Hausfrau spielte;
als ihr Grenznachbar hatte der alte General seine
wohlabgerundete Gestalt bequem hingestreckt.

Als der Graf mit Schmey gleich darauf an den
Tisch kam, schritt er sogleich zu einer einfachen Vorstellung, wobei er den Unbekannten nur kurzweg Doctor

nannte, offenbar mit weisem Takt, um die feindlichen
Elemente ringsum nicht durch eine nähere Bezeichnung
aufzuregen. Allein es war zu spät. Herr von Rack
hatte in der kurzen Pause Zeit genug gefunden, eine
gedrängte biographische Skizze des Ankömmlings vor-
anzuschicken, in welcher er dessen Thätigkeit vor und im
Jahre Achtundvierzig mit raschen und genialen Stri-
chen skizzirte, und war, wie sich von selbst versteht, so
gefällig gewesen, seine israelitische Abstammung nicht
zu übergehen.

Die Wirkung der Vorstellung war daher eine so
frostige, wie wenn die Gesellschaft sich des Gastes
schämte und ihn nur bis auf Weiteres dulden wolle.
Kein Wunder, daß der compromittirte Redakteur Hals
und Brust zusammengeschnürt fühlte und zaghaft, als
wenn er einer Versammlung erbitterter und von fri-
schem Siege noch erhitzter Gegner beiwohnen müsse,
nach einem der zwei freien Stühle zwischen dem General und dem Rittmeister griff, ungewiß, welchem von
Beiden seine Nähe minder unangenehm sein könne.
Endlich setzte er sich neben den General, während der
Graf sich neben seiner Tochter niederließ.

Eine kurze, peinliche Stille trat ein, man hörte

innerhalb dieser nur das Schlürfen der Gäste und das Geklapper der Tassen, bis Frau von Wallhof das Schweigen brach, indem sie ein offenbar abgebrochenes Gespräch mit dem Rittmeister fortsetzte.

Doctor Schmey hatte indessen von Cornelia auch eine Tasse Thee erhalten. Diese eigentlich von selbst verständliche Sache hob seine gesunkene Stimmung. Er athmete endlich freier — er durfte eine menschliche Behandlung erwarten.

„Nicht wahr, Herr Rittmeister," ließ sich Frau von Wallhof vernehmen, „zehn Offiziere liegen in Kraßnitz? Hab ich Sie vorhin recht verstanden?"

„Zehn Offiziere, zu dienen! Jedoch auch Jene, die in der nächsten Umgebung einquartirt sind, mit eingeschlossen."

„Das ist prächtig! Da ließe sich ein Bal champêtre arrangiren! Was sagen Sie dazu, Cornelia?"

„An mir," erwiderte diese in ihrer ruhigen Art, „soll die Sache nicht scheitern."

Sie schlug die Augen nieder, um den Blicken Halbenriebs zu entgehen, auf den ihre Schönheit einen großen Eindruck gemacht zu haben schien.

„Das war freilich eine unnütze Frage!" rief Frau

von Wallhof, welcher bereits, von wilder Tanzlust er=
griffen, alle Sinne schwanden. „Der Mensch hat kein
höheres und unschuldigeres Vergnügen, als einen Ball.
Und obwohl ich, in Folge einer überstrengen Erziehung,
zur Eingezogenheit wie geschaffen bin und alle rau=
schenden Belustigungen hasse, so war ich doch von
jeher auf Bälle wie besessen."

Diese halsbrecherische Antithese erregte eine solche
Sensation, daß sich sogar der apathische General ver=
anlaßt fand, eine Bemerkung zu machen.

„Aber, Baronin," sagte er mit dem gutmüthigsten
Gesichte von der Welt, „da haben's wieder mal was
recht Dummes g'sagt!"

„Aber, Herr General —" rief die angegriffene
Frau, von diesem Mangel an Galanterie betroffen,
während die Anwesenden mehr oder minder lachten.

„Nein, nein," protestirte der General, „da hilft
keine Einred'! Das war g'rab' so, wie wenn Einer
sagte: Mir ist das Trinken so z'wider, daß ich alle
Abend' mit einem Rausch in's Bett geh'! Gerad'
so ist's!"

Die Baronin wollte die Ehre ihrer Logik verthei=
digen, der General ließ sie nicht zu Worte kommen.

„Nein," rief er gereizt, „da kommen's mit mir nicht auf! Was mir einmal nicht in den Kopf will, das kann nicht richtig sein, das kann nun und nimmermehr richtig sein!"

„Nun, Sie sind als Streiter und Rechthaber bekannt," erwiderte die Baronin, gute Miene zum bösen Spiel machend. „Uebrigens sind wir von der Sache abgekommen. Und wenn Ihnen, was ich sage, nicht gefällt, so muß ich Ihnen darauf erwidern, daß ich es für recht unartig halte, die Leute durch Seitensprünge aus dem Text zu bringen."

„Jetzt muß ich interveniren!" mischte sich der Graf hinein. „Frieden zwischen den Partheien! Ich stelle Schloß und Park den Herrschaften zur Verfügung, um einen Ball zu Stande zu bringen und ermächtige den Herrn Rittmeister, für eine hinreichende Zahl von Tänzern zu sorgen."

„Ich sage immer," rief Frau von Wallhof mit glühenden Dankesblicken, „daß es keinen liebenswürdigern Mann und Wirth gibt, als unsern herrlichen Thieboldsegg! Herr Rittmeister, in der nächsten Woche muß der Bal champêtre stattfinden!"

„Ich sollte denken, liebe Wallhof," meinte Gräfin

6*

Sophie, „Sie müßten sich noch von Ihrem Wiener
Carneval angegriffen fühlen. Nach dem, was Sie mir
erzählt haben —"

„Mon Dieu, der Winter war verhältnißmäßig
still!" erwiderte Frau von Wallhof. „Die Zeitver-
hältnisse waren nicht darnach angethan, das Vergnügen
aufkommen zu lassen. Dagegen haben wir in Meran
famose kleine Bälle gehabt."

„Baronin sind in diesem Sommer in Meran gewesen?" fragte der junge Krieger.

„Leider, leider!" seufzte die Wallhof mit schnell
sich verändernden Zügen. „Meine Gesundheit — ich
habe eine Molkenkur brauchen müssen —"

Diese Behauptung erregte bei Allen, besonders
aber bei den Herren, deren Augen längst die fast schon
polizeiwidrig üppigen Formen der Baronin prüfend
gemessen, ein unermeßliches Erstaunen.

„Eine Molkenkur?" rief der Rittmeister. „Bei
Ihrem unvergleichlichen Aussehen?"

„Wenn Sie mich gesehen hätten, als ich im Mai
hinkam" — sagte die Wallhof, im Kreis auf die Gesellschaft blickend, „ich war abgezehrt, — nicht zu
kennen —"

Sie hielt ein Bischen inne, denn die Mienen der Zuhörer schienen durch diese merkwürdige Behauptung völlig alterirt, allein was für Andere eine Warnung gewesen wäre, sich zu mäßigen, hatte von jeher auf Frau von Wallhof eine verkehrte Wirkung. Sie hatte die Gewohnheit, Hyperbeln durch Hyperbeln glaubhaft machen zu wollen.

„Ich war nicht mehr zu kennen," sagte sie, „ich war ein Skelett geworden! Sie können sich einen Begriff von meinem Zustande machen, wenn ich Ihnen sage, daß der Arzt mich nicht in Behandlung nehmen wollte, wahrscheinlich weil er mich für aufgegeben von den Wiener Aerzten hielt und fürchtete, daß ich in Meran sterben könne. Aber nach drei Tagen schon, — Gott, welche Veränderung! O, diese Luft von Meran! Sie ist Balsam, Lebenselixir, die beste Arzenei. Nach drei Tagen schon fühlte ich mich beinahe gesund, wenn ich auch noch blaß und sehr abgespannt war — und konnte eine Bergparthie mitmachen — auf den — Gott, wie heißt doch der Berg, wo man die Aussicht auf zwanzig Schlösser hat —"

„Vermuthlich auf den Zenoberg —" sagte Schmey, froh, endlich eine Bemerkung einfließen lassen zu können.

„Allerdings, auf den Zenoberg!" rief die Baronin.
„Ich war die Einzige, die auf dem Gipfel unermüdet
ankam! Nein, diese Luft von Meran —"

„Allerdings eine wunderbare Luft, wenn sie Sie
von einem Skelett so hergestellt hat!" versetzte Gräfin
Sophie ironisch, während der Graf sein Lächeln über
die eben vernommenen Widersprüche hinter seinem
Taschentuch verbergen mußte und der alte General
losbrach:

„Da begreif' ich nicht, wie nicht Jeder, der's Geld
dazu hat, nach Meran geht!"

„Ja, es ist ein merkwürdiger Ort!" fuhr Frau
von Wallhof fort. „Man braucht nur die dortigen
Einwohner anzusehen, wie kräftig die sind! Krankheiten
sind dort fast unbekannt und Niemand stirbt vor dem
siebzigsten oder achtzigsten Jahre. Der Großvater des
Amtmanns, bei dem ich wohnte, soll sich noch im
fünfundachtzigsten Jahre zum vierten Male verhei=
rathet haben! Im neunzigsten Jahre wurde ihm noch
ein Kind geboren und dann lebte er noch, Gott weiß
wie viele Jahre im vollen Gebrauch seiner Geisteskräfte."

„Dieser Mann," bemerkte der Graf, „war ja der
moderne Methusalem!"

„Daß ihm mit neunzig Jahren a Kind geboren
worden ist, wenn er a junge Frau g'habt hat," sagte
der General, „darin sehe i nix Wunderbares!"

„Aber erklären Sie mir, liebe Wallhof," fragte
die Gräfin Sophie mit spöttischer Miene, wie kam es
denn, daß die drei ersten Frauen dieses wunderbaren
Greises alle so jung starben? Wenn alle übrigen
Leute dort ein so hohes Alter erreichen, sollten auch
diese —"

„Das ist auch mir räthselhaft!" erwiderte die Baronin, von dieser so einfachen Frage um alle Geistes-
gegenwart gebracht, ganz verlegen. Aber der Graf
kam ihr schon mit ironischer Miene zu Hilfe; er erwiderte mit spöttischem Lächeln:

„Nichts ist leichter zu beantworten! Vermuthlich
hatten diese Frauen die Gewohnheit, häufig Reisen zu
machen, um ihre Verwandten zu besuchen. Sie wurden ein Opfer der Luftveränderung. Das ist klar!"

Die fromme Gräfin lächelte boshaft, der General
schüttelte sich und Frau von Wallhof merkte endlich,
daß man sich das Wort gegeben, sich über sie zu mo-
quiren. Ihr heftigster Zorn richtete sich auf die fromme
Gräfin, — denn Männern konnte sie nie ernstlich gram

werden — und sie bereitete sich im Stillen zu einem
Ausfall vor. Aber — wie denn ihre Gedanken in
ewiger Unruhe und Bewegung waren, verfielen sie
plötzlich auf etwas ganz Fernliegendes.

„Mein Gott!" sagte sie — ihre Mienen veränder=
ten sich, sie wurde bleich — „wir haben vorhin vom
Ball gesprochen — ich bin doch leichtsinnig, wie ein
junges Mädchen — ich habe alle meine Ballkleider in
Wien gelassen!"

„Aber, liebe Wallhof!" rief Gräfin Sophie. „Hier
auf dem Lande — ein Bal champêtre — Sie legen
doch solchen Nebensachen eine Wichtigkeit bei — Es
ist gewiß eine glückliche Zeit, in welcher uns das
Spielzeug Alles ist und sich alle Gedanken um die
Kinderpuppe drehen — nur passen solche Tändeleien
für die Enkelin, nicht aber für die Großmama!"

Diese Worte wirkten wie ein Geschoß. Frau von
Wallhof lehnte sich, wie tödtlich getroffen, auf den
Stuhl, denn die Indiscretion, dem Rittmeister, in
welchem sie bereits einen Anbeter gefunden zu haben
glaubte, zu enthüllen, daß sie bereits eine mit einem
Töchterchen gesegnete Tochter habe, konnte nur aus
der grimmigen Absicht hervorgehen, das aufkeimende

Liebesverhältniß im Keime zu knicken. Furchtbare
Rache kochte in ihrer Brust, aber sie hielt es für klug,
vom Thema abzulenken und sich vorerst mit einem
leichten Gegenschlage zu begnügen.

„Hm," sagte sie, sich emporrichtend. „Wie Sie
Toiletten verachten! Vor zwei Jahren, liebe Sophie,
haben Sie sich auch noch nicht so nonnenhaft getragen."

„Das Kleid macht nicht die Nonne!" versetzte die
Gräfin in sanftem Tone und wuthblitzenden Blicken.
„Ebensowenig macht uns Crêpe und Mousseline wieder
jung —"

„Hören's, liebe Sophie," mischte sich der alte
General in seiner urnaiven Weise herein, „da hat die
Wallhof Recht, wenn sie sagt, daß Sie vor Jahren
eine Andere gewesen. Da sind Sie auch nicht so viel
in der Kirch'n g'steckt, wie heut. Wo der Holubina
war, da sind Sie auch g'steckt — und das war kein
Frommer — dem hat das Beten und die Litanei nicht
viel Zeit wegg'nommen!"

Die Rede des Generals, der ein Privilegium be=
saß, Derbheiten zu sagen, erregte hämische Heiterkeit,
aber Niemandem kam sie so gelegen, wie der Baronin.
Sie hätte den alten Haudegen küssen mögen.

„Greifenstein! Sie sind immer der liebenswürdige
Spaßvogel!" rief sie freudebebend. „Und nun auf
unsern Ball zurückzukommen, kündige ich Ihnen an,
daß ich Sie zur ersten Tour abhole, und wenn ich
einen Korb erhalte, gleich, im Ballkleid wie ich bin,
abreisen werde."

„Nun," erwiderte der alte General, „da kön=
nen's im Voraus einpacken und Ihre Kisten auf die
Post schicken! Ich hab' in Ungarn so viel tanzen
müssen, daß ich es noch immer in allen Knochen
spür'. An die letzte Polka bei Temeswar werd' ich
zeitlebens denken!"

„Die armen, armen Soldaten!" rief Frau von Wall=
hof mit einem beredten Blick auf den Rittmeister, der
ihm einen ganzen Himmel öffnen sollte.

„Hu! Hu!" schüttelte sich Comtesse Sophie zu
Herrn von Rack gewendet. „Das war eine wüste
Zeit! Die Sprachenverwirrung vom Thurmbau zu
Babel fiel mit der Sündfluth zur Strafe der gott=
verlassenen Menschheit zusammen!"

„Man spricht immer nur von den Strapazen der
Soldaten," sagte Herr von Rack. „Ja, sie waren
riesig, blutig, über alles Maaß! Wer aber denkt

daran, daß wir, die wir eigentlich auch Soldaten,
Soldaten der inneren Ordnung sind, daß auch wir
Tag und Nacht auf dem Marsche waren und noch
sein müssen, und mit der Privatrache und der Wuth
des niedrigsten Pöbels gekämpft haben und noch
kämpfen! Dem Polizeimann flicht die Mitwelt keine
Kränze und das Gefühl, seine Pflicht in aller Be-
scheidenheit erfüllt zu haben, muß ihm genügen! Meine
Herrschaften, ich übertreibe nicht, wenn ich sage, daß
ich zehnmal in Lebensgefahr geschwebt habe, kleiner
Schabernake nicht zu gedenken! Zum Beispiel, wie
oft mir die Fenster eingeschlagen, der Hut des Abends
angetrieben, ja, wie oft mir Steine nachgeworfen
worden sind! Ein solcher Undank schmerzt, wenn man
fühlt, wenn man immer nur das allgemeine Beste im
Auge gehabt hat! Aber" er erhob sich kühn und mit
herkulischer Attitüde, „aller Terrorismus der Straße
hat es nicht vermocht, mich je zu beugen, und ich
kann mich mit Stolz darauf berufen, daß ich, an
so vielen Stationen ich auch gedient, nirgendwo bei
den Massen populär gewesen bin!"

Während die Gesellschaft bei dieser Expektora-
tion, die mit vielem Beifall aufgenommen wurde,

kurz verweilte, fanden sich zwei der Anwesenden zu
seltsamer Reflexion veranlaßt, zwei sehr verschiedene
Menschen, die aber manche Vergleichungspunkte ge=
meinsam hatten: nämlich der Rittmeister und Doctor
Schmey. Beide befanden sich zum erstenmal in einer
so hocharistokratischen Gesellschaft und fanden sich durch
den darin herrschenden Ton, die fraubasenhafte Welt=
auffassung und die so zu sagen anstandslose Bitterkeit
der weiblichen Scharmützel sehr getäuscht. Bei Doctor
Schmey gesellte sich noch ein eignes Mißbehagen hinzu.
Wußte er eigentlich nicht, was er sollte, so mußten
ihm die politischen Gesinnungen, die hier von Zeit zu
Zeit ihren Ausdruck fanden, wie für ihn bestimmte
Nadelstiche berühren, besonders, seitdem sich das Ge=
spräch auf die revolutionären Ereignisse der letzten
Jahre so unverhofft geworfen hatte.

Auch hatte er wohl vernommen, was von Rack,
während der alte General gesprochen, seiner frommen
Nachbarin zugeflüstert und was diese geantwortet hatte.
„Wie kommt der Mensch eigentlich her?" hatte er
gefragt. „Der gehört ohne Widerrede nach Josephs=
stadt oder nach Kufstein." — „Zum mindesten gehört
er in's Ghetto!" hatte die Antwort gelautet. Schmey

war von Reue ergriffen, sich in den Burghof der
Thiebolvegg's gewagt zu haben, aber er sollte dies
Gefühl noch bitterer empfinden . . .

„Und den ganzen Spektakel," ergriff der General
wieder das Wort, „wer hat ihn angerichtet? Niemand Anderer als die Polen, die Juden und die
vermaledeiten Federfuchser! Das Volk ist gut, das
Volk ist brav! Es will nichts und ist mit Allem zu-
frieden!"

„Da muß ich bitten!" erhob Frau von Wallhof
lebhaft Protest. „Das Volk ist in solchen Zeiten wie
umgewechselt! Ich brauche nur an meine Abreise
von Wien in der Oktoberwoche zu denken! Ich fuhr,
blos von meiner Kammerjungfer begleitet, zur Maria-
hilfer-Vorstadt hinaus. Wenige Schritte vor der Linie
stürzt ein bewaffneter Haufen heran, hält meine Pferde
an und umringt den Wagen. Das ist eine Spionin,
eine Aristokratin, die trägt Papiere zum Jellacic!"
brüllt es wild durcheinander. Ich zitterte an allen
Gliedern und hatte den Tod vor Augen. Da, um
mein Entsetzen voll zu machen, kommt ein Nationalgardist herbeigestürzt, eine unheimliche, bärenmäßige
Gestalt und drängt sich durch den Haufen auf mich

zu. Da verließen mich die Sinne, Gott weiß, wann
ich wieder erwachte! Als ich die Augen aufschlug,
war der Haufen aus einander gegangen, nur der
Nationalgarbist stand noch am Wagenschlag und hielt
meine Reisetasche in der Hand, die er visitirt hatte,
ohne compromittirende Papiere zu finden, aber auch
ohne meinem Reisegeld, an dem Allen wohl am mei=
sten gelegen sein mochte, auf die Spur gekommen zu
sein. Das hatte ich vorsichtig in meine Unterkleider
eingenäht. Dann erst ließ er mich mit einigen nichts=
sagenden Redensarten zur Stadt herausfahren!"

„Meine Herrschaften," ergriff Doctor Schmey,
dem eine auffallende Aufregung in den Augen und in
den Händen spielte, sich erhebend das Wort, „ich
fühle mich verpflichtet, eine Erläuterung zur Ehren=
rettung des Nationalgarbisten, der in der Erzählung
der Frau Baronin eine Rolle spielt, zu geben. Ich
verwahre mich gegen jeden Vorwurf, der gnädigen
Frau Entstellung der Thatsache zur Last legen zu
wollen, da übergroße Furcht bei den zarten Nerven
einer Dame jede Unrichtigkeit der Wahrnehmung in
der Schilderung erklären und entschuldigen kann. Der
Nationalgarbist war Ihnen zu Hilfe gekommen und

hatte die Reisetasche aufgehoben, welche Ihnen wäh=
rend Ihrer Ohnmacht entfallen war. Er hatte ihren
Inhalt nicht durchsucht, am allerwenigsten, um darin
Geld zu finden. Das Schloß blieb unversehrt und
auch Ihrer Person ist kein Leid geschehen. Für die
Wahrheit der Erklärung bürge ich, denn dieser un=
heimliche, bärenmäßige Nationalgardist bin ich selbst
gewesen!"

Die Sensation, welche diese Worte hervorriefen,
war mächtig, aber sie schlug schließlich in ein allge=
meines Gelächter um, denn die Beschreibung des ent=
setzlichen Gardisten, mit dem schmächtigen Aussehn
des Redakteurs verglichen, gab einen komischen Maaß=
stab ab, um die ganze Phantasiefülle und Uebertrei=
bungskunst der Baronin zu würdigen. Sie war die
Einzige, welche nicht mitlachte, sondern wie nieder=
donnert dasaß, bis sich ihre elastische Natur wieder
ermannte, um Worte der Entschuldigung zu finden.
Sie war harmlos und unfähig, wissentlich Jemandem
Unrecht zu thun, und nahm somit nicht zu neuen
Lügen Zuflucht.

Schmetz aber bedauerte beinahe, nicht geschwiegen
zu haben, denn die Erinnerung an seine Betheiligung

und Thätigkeit in Aufruhrszeiten schien ihm in diesen
Kreisen unvortheilhaft. Er hatte nur nothgedrungen
das Wort ergriffen, weil er in seiner Verstimmung
die Erzählung der Frau von Wallhof für eine feind=
selige Anspielung auf seine ihr vielleicht wohlbe=
kannte Person gehalten.

Dieser Knalleffekt der abendlichen Unterhaltung
hatte aber die ganze Gesellschaft von ihren Sitzen
aufgestört. Die Gräfin ging die erste am Arme des
Bezirkshauptmanns bei Seite, während der Rittmeister
mit den übrigen Damen die Frische der Nachtluft im
Garten aufsuchte.

Der Graf, der mit Doctor Schmetz zurückgeblieben
war, hatte sich inzwischen zu dem letzteren gesetzt und
eine Unterhaltung angesponnen, in welcher sie von
dem in Schlummer gesunkenen General kaum gestört
werden konnten.

„Wie lange bleiben Sie?" fragte der Graf.

„Nicht lange, Excellenz. Unser Journal ist, wie
Ihnen bekannt sein dürfte, suspendirt und ich mache
mir keine Illusionen, daß dasselbe auf die Dauer
weiter erscheinen könne. Ich habe meine publicistische
Laufbahn in Blättern des Auslands begonnen und

befreunde mich mit dem Gedanken, dieselbe in einem
freiwilligen Exil von Neuem aufzunehmen."

„Sie dürften doch irren, wenn Sie glauben, in
Deutschland einen Boden dafür wie vor dem Jahre
Achtundvierzig zu finden. Die Krise, in welcher wir
stehen, ist eine europäische und einem Manne wie
Sie, brauche ich nicht auseinanderzusetzen, daß die
Regierungen gegen den Umsturz fortan solidarisch ar-
beiten. Die Zeit eingeschmuggelter Journale ist für
immer vorüber und die bei uns erscheinenden Blätter
werden Correspondenzen von ordnungsfeindlicher Ten-
denz nicht aufnehmen. Oder sollten Sie sich täuschen
und glauben, daß die gegenwärtigen Zustände sich wieder lockern und den alten Agitationen wieder Spiel-
raum lassen werden? Dann würden Sie die tiefe,
wahrhaft radikale Umkehr zu den Principien, auf
welchen die moderne Gesellschaft allein beruhen kann,
vollständig verkennen und die Bedeutung der Niederlage, welche phantastische Doctrinen erlitten, zu niedrig
anschlagen. Unsere Generation zum wenigsten wird
vor dem Handstreich der Bewegungsparthei gesichert
sein! Sie, Herr Doctor, würden über solche Erwartung zum Greise werden, der sich die Brachlegung

seines Talents zum Vorwurf machen und ein wegge=
worfenes Leben beklagen müßte!"

„Excellenz," erwiderte Schmey, „es wäre Groß=
thuerei von mir, wenn ich den tiefen Eindruck, den
Ihre Worte auf mich gemacht haben, läugnen wollte,
während die ganze Last der Enttäuschung und das
ganze Gewicht einer welthistorischen Situation auf mich
und auf uns Alle, die wir eine Partei waren, einen
grausamen Druck ausübt. Was mich betrifft, so habe
ich mir meinen Weg kaum noch klar vorgezeichnet.
Ich komme mir wie der Soldat einer besiegten Armee
vor, ich weiß nur, daß ich capituliren und die Waffen
auf Gnade und Ungnade ausliefern muß, nicht aber,
was ich, in Freiheit gesetzt, treiben werde. Wenn ich
an die zwei vergangenen Jahre zurückdenke, schwin=
delt mir und wird mir wüste zu Muthe, so zwar, daß
ich an meinen Ueberzeugungen irre werde, weil ich es
an den Menschen und Völkern geworden."

„Umgekehrt, Herr Doctor," sprach der Graf.
„Sie und Ihre Partei haben die Völker mißverstanden
und verkannt und ihren eigenen Doctrinen blinden
Glauben geschenkt! Die Völker haben zuletzt immer
den Instinkt, ihre Interessen zu ergreifen. Wenn die

Doctrinen etwas getaugt hätten, so wären sie von den Völkern acceptirt worden und wir, jetzt die Sieger, wären jetzt die Gefangenen. In der Politik ist der Erfolg der Sieg; Alles, was zu diesem führt, ist gut, richtig, einzig praktisch; was diesen vereitelt thöricht, falsch, verderblich, denn die bei den Demokraten so arg ver= schriene Waffe entscheidet in letzter Instanz eine edle, wie eine unedle Sache. Sehen Sie die Geschichte an, aus ihr sieht man, wie es in der Welt geht, während die Theorie ihr Ideal in die Luft baut und zeigen will, wie es in der Welt gehen könnte, wenn diese anders wäre. Da steckt der Wahn. Die Institutionen werden für die Menschen gemacht und die Menschen sind nicht für beliebige Institutionen da. Der Zaum ist erfunden worden, nachdem das Pferd da war, existirte aber noch nicht, als man ausging, ein Thier zu suchen, dem er passen könnte. So ist auch der Zaum erfunden worden, nachdem man gesehen, daß die Völker dessen bedürfen, und wer sich, wie die Ritter der modernen Humanität, nur einfallen läßt, diesen nothwendigen Apparat aus sentimentaler Groß= muth zu lockern oder gar abzuschaffen, der wird aus dem Sattel in den Staub geworfen."

„Ich darf kaum etwas einwenden," entgegnete der
Doctor nachdenklich und niedergedrückt, „denn es
stünde dem Geschlagenen schlecht an, auf dem blutigen
Schlachtfelde mit dem Sieger über die Kriegskunst zu
debattiren. Ich —"

Er sprang empor und ging, sich mit der Hand
auf der Stirn herumfahrend, auf und ab. Eine kleine
Pause trat ein.

„Sie sehen," hob der Graf wieder an, „daß Sie
mir Interesse einflößen. Es thäte mir leid, Ihre
Fähigkeiten verloren gehen zu sehen, und ich hätte
Lust, etwas für Sie zu thun."

„Excellenz —", murmelte der Redakteur überrascht
und gerührt, während der Graf wieder fortfuhr:

„Ein Schlag und Ihr Journal ist nicht mehr!
Unsere Politik ist aber nicht blinde Gewalt, die drauf
los schlägt, wenn ein Keim an einem im Wege unbe=
quem liegenden Gegenstande noch zu brauchen oder zu
retten ist. Lassen Sie den Wahn fahren, daß wir die
Unterdrücker der Völker spielen wollen, sondern seien
Sie überzeugt, daß das Gemeinwohl unser Programm
ist. Gehören Sie zu Denjenigen, deren politische Illu=
sionen schon heute abgethan sind, und gehen Sie der

Gefahr nicht auf's Neue entgegen, indem Sie der Zeit eine falsche Diagnose stellen. Sehen Sie die Franzosen an, eine leicht entzündliche Nation, welche mit einem pikanten Epigramm, mit einer phantasievollen Phrase zu einer welthistorischen Aktion aufzustacheln ist, dennoch aber ihren Schwerpunkt nicht zu verändern vermag, nicht aus Mangel an heroischer Thatkraft, sondern weil die utopische Aufgabe nicht zu lösen ist. Ich weiß, daß Viele, von der Niederlage unbekehrt, noch jetzt mit verwundeten Köpfen und gefesselten Händen nach diesem Feuerheerde der Freiheit blicken.... Die Thoren! Frankreich wird nicht die Feinde seiner Scheinrepublik zermalmen, sondern im Gegentheil sie feiern oder gar krönen. Warum denn also sein Leben und sein Talent in einen Schmollwinkel stellen, oder beides zur Fortführung eines Prozesses einsetzen, welcher die verursachten Kosten nicht deckt? Begeben Sie sich lieber in die Reihen einer Regierung, welche durch eine fast tausendjährige Existenz glorreich bewiesen, daß sie den Pulsschlag der Zeit zu berechnen und die Kunst zu herrschen versteht. Erstaunen, erschrecken Sie nicht! Ich will Ihrer Ehre nicht nahe treten, ich will Sie nicht bestechen, nicht

kaufen! Ich will nur Ihr Talent retten, für ein
lebensfähiges Werk retten, und mit Ihrer Hülfe die
Leute, welche bisher sich ihr Orakel aus Ihrem
Blatte holten, langsam und mit der Zeit zu den heil=
samen Principien unserer Regierungsdoctrin herüber=
führen."

Dieser politische Sirenengesang machte auf Schmey
einen tiefen Eindruck und stahl sich um so glatter in
sein Herz, je größer der Contrast zu den betäubenden
Wellenschlägen der sturmvollen Situation war. Muth=
los, mit den trübsten Aussichten, in der Gefahr, seine
Feder zu ewiger Unthätigkeit verurtheilt zu sehen,
war er zu dem ihm unerklärlichen Besuch in's Schloß
gekommen und sollte hier plötzlich Athem und Muth
schöpfen und durch die Perspective, es zum Chef eines
officiösen Blattes zu bringen, die glücklichste Chance
einer einflußreichen socialen Stellung mit dem glän=
zenden Gefolge ihrer Vortheile nach Hause mitnehmen!

„Excellenz!" rief er in großer Aufregung, deren
Natur der Graf seinem Vorschlage günstig deutete,
„ich bitte um Bedenkzeit! Ich brauche Nachdenken,
Ueberlegung! Ich kann so schnell nicht ermessen, ob
meine Ueberzeugungen sich Ihrer staatsmännischen

Ueberlegenheit unterordnen, oder von dem bestechenden Wohlwollen, welches so unerwartet auf mich einstürmt, gefangen genommen worden sind."

Sie wurden von der herbeikommenden Gesell=schaft, welche auseinander zu gehen Lust hatte, unter=brochen.

Der Graf hatte auch nur Zeit halblaut zu Schmey zu sagen:

„Ueberlegen Sie! Das Weitere steht in Ihrer Hand."

Auch der alte General war bei dem entstandenen Tumulte erwacht und erhob sich.

„Ich hab' einen schrecklichen Traum g'habt," sagte er. „Mir steht noch der Schweiß auf der Stirn. Mir hat geträumt, daß ich über'n Zapfenstreich aus=g'blieben und aus Furcht vor der Straf' desertirt bin. Weiß der Teufel, wie mir eine so verrukte freisinnige Idee in den Schädel hereinkommt!"

Fünftes Kapitel.

Worin Pläne über Nacht reifen.

Als Doctor Schmetz aus der Soirée beim Grafen
zurückkehrte, war schon längst Alles im Hause in
Schlaf versunken. Nur das Nachtlicht, das vorsichts-
halber auf die Treppe gestellt worden war, erwartete
den späten Gast. Leise, auf den Fußspitzen auftretend,
gelangte er in sein im oberen Stockwerk gelegenes,
mit dem ganzen Luxus der Familie Scheppkes ausge-
stattetes Zimmer.

Er war in einer maaßlosen Aufregung. Alle Pulse
klopften, das Herz schlug vernehmbar. Er riß den
Fensterflügel auf und setzte sich auf einen Stuhl, um
von der frischen, thauigen Nachtluft Beruhigung für
seine tanzenden Nerven zu holen. Starke, über-

raschende Eindrücke, welche sich noch immer nicht
niedergeschlagen hatten, um von der beherrschenden
Macht der Reflexion geordnet zu werden, wühlten in
ihm bunt durcheinander. Noch am Nachmittag hatte
er sich durch die seinem Journal drohende Gefahr in
seinem Wirken, in seiner Laufbahn überhaupt aufgehalten, um seine materielle und geistige Existenz beinahe gebracht gesehn. Abgesehen von den Ansprüchen,
die ein Mann in seinem Alter auf Stellung und Haltung in der Gesellschaft macht, war er einer von
Jenen, welche in der Journalistik aufgehen und in
diesem verzehrenden Element alles Genügen finden.
Er war rührig, behend, immer voran, immer kampffertig — er war Nichts, wenn er sein Blatt verloren
geben mußte und sah, ohne seinen Geist besonders
schärfen zu müssen, daß dasselbe, wenn es auch den
gegenwärtigen Schlag überleben sollte, doch in kurzer
Zeit von dem jetzt wehenden politischen Winde hin-
weggeblasen werden würde.

Da kam die Einladung in's Schloß, der Antrag
des Grafen, so unverhofft, so verblüffend, so fabel-
haft! Sein politischer Feind, dem er noch kurz zuvor
den Fehdehandschuh trotzig hingeworfen, bot ihm die

Hand und wollte ihm die Ringbahn wieder eröffnen, auf welcher er Ansehn, Einfluß, vielleicht Reich= thum erkämpfen könne. Er war ein Retter in der Noth — er war aber auch ein Versucher! Schmetz täuschte sich darüber nicht. Er war zu weltkundig, zu verständnißvoll für die Interessen, die die Men= schen bewegen, um sich durch die liberalen Phrasen des Grafen über den Kern der an ihn gestellten Forde= rungen irre führen zu lassen. Er war sich darüber vollkommen klar, daß er die Regierung auf ihren ge= heimnißvollen Wegen zu begleiten haben werde, wenn er auch noch nicht ahnen konnte, wie unendlich weit er sich von den Ideen, die er bis zum heutigen Tage verfochten, werde entfernen müssen. Das Bewußt= sein der Untreue hatte er doch schon und mußte sich, von der Welt der Thatsachen gebeugt, sagen, daß in stürmischen Perioden nicht nur die Kronen, sondern auch Reformmänner Zugeständnisse machen müßten. Es mag ununtersucht bleiben, welche Sophistik in diesem Ausspruche lag und welche Gewalt der ge= köderte Egoismus der Logik dieser fiebrischen, nächt= lichen Ueberlegung anthat.

Dieser Conflikt der Ueberzeugung und des per=

fönlichen Intereffes war ihm ganz neu und koftete
ihm manchen Schweißtropfen, als er schwer kämpfend
im Zimmer auf und ab ging, während im Nebenzim=
mer sein Reisegefährte in den gesundesten Schlaf ver=
senkt, mit seiner löwenstarken Lunge durch alle Re=
gister störend laut schnarrchte.

Stunden vergingen, der Graf siegte über ihn.
Nach langem Schwanken war er entschlossen und ein=
mal auf diesem Boden festen Fuß fassend, hörte er
nur den Schmeichelton des Ehrgeizes und sah nur
die Hesperidenfrüchte, die ihm auf dem neuen Pfade
in den Schooß fallen sollten, so daß er plötzlich über
seine politische Wandlung leichteren Sinnes und mit
lachendem Herzen dachte.

„Welches Verbrechen begehe ich denn!" rief es in
ihm. „Ich gehe von der Opposition zur Ministerbank
über. Ich höre auf abstrakter Schriftsteller zu sein
und werde Diplomat, Staatsmann! Wo steckt da der
Verrath? Jede That ist begrenzt, jede Idee schrumpft
in der Ausführung zusammen, die wilde Journalistik
schafft nichts, sie kitzelt nur, sie treibt; es ist ein
Wendepunkt, den mir der Himmel bietet. Ich trete
aus den politischen Flegeljahren in's Mannesalter!"

Er war mit sich fertig, er wäre vor Freude hoch auf
gesprungen, wenn nicht etwas im Innern ihn gedrückt
hätte. Es war kein neu erwachter Gewissenbiß, der
Gesinnung entsprossen, es war ein rein äußeres Hin=
derniß, das ihm den Weg in's andere Lager zu ver=
sperren schien . . .

Schmey war wohl die Seele seines Journals,
aber nicht dessen Herr. Ein reicher Wiener Rentier
war der Eigenthümer. Dieser producirte selbst nichts,
bewachte aber eifersüchtig wie ein Mohr das radikale
Programm der Zeitung. Schmey wußte, daß jener
Mann lieber das ganze Capital des Unternehmens in
die Schanze schlagen und das Blatt unter dem Hen=
kerbeil der Censur enden lassen würde, ehe er sich
entschlösse, von dem Boden der damals in Oestreich
formell noch immer zu Recht bestehenden Reichsver=
fassung ein Haar breit preiszugeben.

Wie nun frei verfügende Hand bekommen? Das
war eine neue, dornenvolle Frage . . .

Der Eigenthümer, der seit langer Zeit die Sterbe=
stunde seiner Zeitung von Tag zu Tag erwartete,
hatte schon längst den Wunsch geäußert, von den
Lesern ehrenvollen Abschied zu nehmen und das Blatt

zu verkaufen, oder, wenn sich kein Käufer fände, es zu Grunde gehen zu lassen.

„Wie," dachte Schmey, „wenn ich mich hinter Ar= nold Stropp steckte und das Blatt kaufte? Er thut mir die Gefälligkeit, aber den nervus rerum, das Geld muß ich haben. Mehr, als den Namen vor= schießen wird mir die Freundschaft dieses kalten Spekulanten nicht! Woher aber nehmen und nicht stehlen? Möglich, wahrscheinlich, daß Thieboldsegg auch da einschritte — doch pfui! — streckt er Geld vor, sinke ich zum Lohnschreiber herab, zu seinem Werkzeuge, das er morgen wegwerfen kann! Ich würde sein Leibeigner. Ich muß — ich sollte der Besitzer sein!"

Abermals schweres Kopfzerbrechen. — Der Mor= gen begann schon am Himmel zu grauen.

„Halt!" rief er plötzlich. Eine leuchtende Idee zuckte in seinem Gehirn empor. „Wenn ich Sarah heirathete? Sie ist das einzige Kind, ihr Vater hat Geld, sie scheint mir, wenn mich meine Eitelkeit nicht täuscht, entgegenzukommen. Sie ist nicht schön — aber hinweg, poetische Träume, hinweg ihr Ideale, lebt wohl, ihr schönen Hedwig's für immer! — Ich

kann von Glück sprechen, wenn der Vater mir sie
gibt. Schön ist sie nicht, aber was thut das? Sie
hat einige Bildung, viel Bildung. Sie hat Anlagen,
Liebe für geistige Interessen und in der That, sie hat
gestern Mancherlei gesprochen, was einer Stadtdame
Ehre machen würde. Ich will den Versuch wagen!
So entgehe ich der Dürftigkeit, die ich so lange ge=
kostet und begründe mir eine Stellung im höchsten
Kreise der Menschen! Und ich sollte mich bedenken?
Ich, splitternakt in die Welt gesetzt, der Sohn eines
Trödeljuden? Ich will Sarah heirathen!"

Nachdem er eine Zeitlang grübelnd dagesessen und
zum Abschluß gekommen war, warf er sich abgespannt,
übernächtig auf das Bett, in welchem er sich noch lange
von einer Seite auf die andere warf, bis er einschlief.
Es war fünf Uhr Morgens geworden . . .

Schon um Sieben war Vater Scheppkes, vor
Neugier brennend etwas über Schmey's Empfang
beim Grafen zu hören, an die Thüre gekommen. Da
er aber keinen Laut vernahm, kehrte er in den Gar=
ten zurück, wo seine Familie mit Philipp Stropp bei=
sammen war.

„Er schläft!" sagte er. „Er schläft — man kann

sagen, auf seinen Lorbeeren! Ich habe mit der Thüre geklappert und mehrmals ein bischen gehustet — er hat mich nicht gehört!"

„Er muß in der That spät nach Hause gekommen sein," sagte Stropp. „Ich habe ihn nicht kommen gehört und war doch sicherlich bis gegen Mitternacht wach."

„Wenn er so lange geblieben ist beim Excellenz-Grafen," sagte der Alte, „so ist's ein Zeichen, daß er sich gut unterhalten! Gott, was hätte ich darum gegeben, unsichtbar dabei gegenwärtig zu sein, meinetwegen als ein Mäuslein! Ich sage Ihnen, Herr Stropp, der hat sich kein Blatt vor den Mund genommen, der hat, couragirt, wie er ist, mit seinen Meinungen nicht zurückgehalten und da hat der Graf sicherlich Ansichten zu hören bekommen, die ihm noch nie gesagt worden sind!"

„Ob doch die Comtesse Cornelia schon etwas vom Doctor gelesen haben mag?" fragte die Mutter.

„Wie kannst Du nur so fragen!" rief Sarah. „Die Comtesse ist ja ein hochgebildetes Mädchen, und wenn sie nicht selbst an solchen Dingen Antheil nähme, ihre Gesellschafterin, die Frau Hassenfeld, würde sie gewiß darauf aufmerksam gemacht haben. Ich ver-

sichere Dich, der Doctor wird noch heute berauscht
sein von allen Complimenten, die die Comtesse ihm
gemacht hat!"

„Da scheinen Sie mir doch eine nicht ganz rich=
tige Ansicht von unserer Aristokratie zu haben," be=
merkte Stropp. „Sie ignorirt am liebsten vollständig,
was von liberaler Seite geschrieben wird. Geht sie an's
Lesen, so geschieht dies aus Muß, aber selbst die größte
Popularität wird einer echten Aristokratin kein aufrich=
tiges Lob eines freisinnigen Schriftstellers entwinden."

„Sie können Recht haben," erwiderte Sarah, „und
es kann eigentlich auch nicht anders sein. Die Schrift=
stellerfeder ist der geborne Gegner der Turnierlanze!
Indeß," setzte sie nach einer Pause hinzu, während
ihr ganzes Gesicht im Strahl der Begeisterung leuch=
tete, „unser Doctor kann dadurch nicht an Ehre ge=
winnen, wenn die Comtesse ihm Complimente macht;
sie, Cornelia, ehrt es, wenn sie ihn kennt und zu
schätzen versteht. So fasse ich die Sache auf, und ich
glaube, so ist's richtig."

Es wurde neun Uhr, Schmetz erschien noch immer
nicht. Vater Scheppkes mußte, ohne seinen Wissens=
durst gestillt zu haben, nach der Sensenschmiede gehen.

Nicht lange darauf vernahm Sarah's feines, un=
geduldiges Ohr, daß Schmetz in seinem Zimmer um=
hergehe. Als sie sich die Gewißheit verschafft hatte,
daß er schon völlig angkleidet sein müsse, begab sie
sich in ein Seitenzimmer der oberen Etage, wo ein
alter Flügel stand. Sie setzte sich hin und begann,
gleichsam als Zeichen ihrer Gegenwart und als Zei=
chen einer der Erkenntniß der Männerherzen nicht ab=
geneigten Gemüthsart:

> Bei Männern, welche Liebe fühlen,
> Fehlt auch ein gutes Herze nicht.

Und da sie immer lauter drauf losstürmte, er=
schien nicht lange darauf der Ersehnte, im Vorüber=
gehen von den Tönen angelockt, bei Pamina im
Zimmer.

„Guten Morgen!" rief Sarah, enthusiastisch vom
Flügel aufspringend. „Wie spät müssen Sie aus der
Soiree gekommen sein! Haben Sie sich gut unter=
halten? Welchen Eindruck hat die Comtesse Cornelia
auf Sie gemacht? Erzählen Sie! Erzählen Sie!"

Der Doctor konnte beim besten Willen nicht auf=
richtig sein, sondern mußte nothgedrungen die Bedeu=

tung der Einladung, wie den darauf folgenden schweren
nächtlichen Kampf verhehlen.

„Mein liebes Fräulein," sagte er, „ich finde den
Grafen charmant! Ich bin sogar bereit, bußfertig an's
Herz zu schlagen und zu bekennen, daß mich gestern
Vorurtheile verblendet hatten, als ich so herbe
Aeußerungen gegen ihn that. Doch halten wir uns
bei Bagatellen nicht auf," sagte er, halb aus Diplo=
matie, halb aus einer ihm im Glücke eigenen Vor=
nehmthuerei, „es war eine Einladung, wie ich sie
dutzendweise erhalte."

„Das kann ich mir denken!" sagte Sarah in ge=
dämpftem Tone andächtiger Bewunderung, doch mit
stolz hinstrahlenden Augen. „Ein so geistvoller Mann,
wie Sie, muß von Jedermann aufgesucht werden!
Ihre Artikel im Donaureich müssen selbst von Ihren
Gegnern mit Bewunderung gelesen werden!"

„Sie sind gar zu liebenswürdig!" erwiderte der
Redakteur sich verneigend. „Nicht alle meine Leser
sind so milde Richter wie Sie, und ich darf Ihnen
wohl gestehen, daß ich oft, wenn ich die Schaar mei=
ner Angreifer messe, Augenblicke habe, in denen ich
beinahe an meiner Mission als Schriftsteller irre

werde. Doch ich habe Sie im Spielen unterbrochen.
Setzen Sie sich gefälligst wieder nieder und greifen
Sie in die Tasten! Ich bin ein so großer Freund
des Claviers, und wenn Sie vollends singen wollten —"

„Wünschen Sie sich keine solche Ohrenqual!" er=
widerte Sarah überbescheiden, aber es war ihr nicht
Ernst, sie bildete sich vielmehr auf ihr Spiel und ihre
Stimme sehr viel ein.

„Die Künstler wollen immer gebeten sein!" drang
Schmey von Neuem ein.

„Sie sind von vortrefflichen Virtuosen verwöhnt,"
antwortete Sarah, „ich bitte also gnädig zu richten!"

Sie hüpfte zu einem Pulte, wo ein Haufen von
Musikalien lag. Sie suchte das Neueste hervor, was
ihr erst jüngst die Musikalien-Leihbibliothek in Pilsen,
wo sie abonnirt war, zugesendet hatte und begann —
wer beschreibt Schmey's Verdruß, Schmerz und Er=
staunen —

> Ach, wenn Du wärst mein eigen,
> Wie lieb solltest Du mir sein.

Dieses abgedroschene, in halb Europa bereits auf's
Gründlichste abgethane Lied war somit in Kraßnitz noch
ganz neu! Mußte diese Idee Schmey ein heimliches

8*

Lächeln ablocken, so konnte er sich auch nicht enthalten,
im Stillen über einen Text zu witzeln, der seinem
Heirathsdrange mit einer so muthigen Naivität ent=
gegenkam.

„Bravo! Bravo!" rief er lebhaft klatschend, als
Sarah das Lied mit der Meisterschaft einer mittel=
mäßigen Choristin zu Ende gesungen. „An Ihnen ist
eine prächtige Opernsängerin verloren!"

„Das sagen Sie mir unter vier Augen," erwi=
derte Sarah schlagfertig, „drucken ließen Sie es aber
nicht, wenn Sie mich im Kärthnerthor gehört hätten!"

„Sie sind gräßlich mißtrauisch," versetzte Schmey.
„Ich versichere dennoch, daß mir die gefühlvollen Töne,
die ich eben vernommen, in Wien noch lange in den
Ohren klingen werden."

„Das Lied ist allerdings sehr schön. Die Worte —"

„So hoch poetisch!"

„Die Melodie —"

„So seelenvoll ergreifend!"

„War das Lied Ihnen neu?" fragte Sarah.

„So gut wie neu — aus Ihrem Munde —"

„Immer Galanterie!"

„Nein, nein! Wahrheit, Ueberzeugung! — Wenn ich nach Wien zurückkomme —"

„Vorerst dürfen Sie von Ihrer Abreise gar nicht reden!" unterbrach ihn Sarah. „Ich will's nicht!"

„Mein liebes Fräulein, das Muß des Lebens kümmert sich nicht um Ihr reizend schmollendes: Ich will's nicht! Das Leben —"

„Ich will nicht, daß Sie schon von Ihrer Abreise reden," fuhr Sarah im Tone eines schmollenden Kindes fort. Und sogleich darauf in einen höheren sentimentalen Ton überspringend: „Das erinnert mich an die Zeit, in der ich wieder gänzlich einsam unter Halbbauern zurückbleibe, während ich jetzt, so unverhofft, aus Ihrem geistreichen Umgange belehrende Unterhaltung und einen neuen Gedankenschatz schöpfe."

„Machen Sie mich nicht stolz und unbescheiden," erwiderte Schmey äußerst ermuthigt und entschlossen, direkt auf das ihm vorschwebende Ziel loszusteuern. „Doch troß Ihres Verbots diesen Punkt zu berühren, muß ich Ihnen zu meinem tiefsten Bedauern mittheilen, daß ich schon morgen —"

„Abreise —", rief Sarah, die Farbe wechselnd.

„Ein unerwarteter Zwischenfall," sagte Schmey,

über den Schreckensausruf hocherfreut, „ruft mich ge=
bieterisch zurück. Bei der kaum verdienten Theilnahme,
welche Sie mir zu Theil werden lassen, muß ich hin=
zufügen, daß die Veranlassung meiner Abreise kein
Unfall, kein Unglück ist. Vielleicht stehe ich am glück=
lichsten Wendepunkt meines schriftstellerischen Lebens.
Ich würde jubelnd spornstreichs davonlaufen, wenn sich
nicht das Bedauern einmischte, Ihrem gastlichen Hause
Lebewohl sagen zu müssen und Ihrer Nähe —"

Sarah schlug die Augen zu Boden.

„Ja, mein Fräulein," fuhr er fort, „ich habe in
so kurzer Zeit Ihren Geist und Ihr Herz so hoch
schätzen gelernt, daß es kein bloßes Spiel der Phan=
tasie war, als ich Sie gestern mit der Blume verglich,
die im Waldesgrunde emporwuchs —"

Sarah war ganz ergriffen, sie hielt die Worte für
einen rührenden Abschied und ahnte deren Tragweite
und tiefen Gehalt erst dann, als Doctor Schmey,
einem ziemlich veralteten Style huldigend, sich plötzlich
vor ihr auf ein Knie niederließ. Es war ein über=
wältigender Moment! Gleich darauf lagen sie ein=
ander, sich Liebe und Treue schwörend, in den Armen.

Sie hatten eben noch Zeit, sich zu trennen, als

Vater Scheppkes rasch eintrat. Er war ohne die ge=
ringste Ahnung, daß da soeben ein Seelenbund ge=
schlossen worden sei, der in kurzer Zeit einen beträcht=
lichen Eingriff in seine Sparbüchse zur Folge haben
sollte. Voll großer, aber harmloser Neugier wollte er
nur die merkwürdigen Eventualitäten der gräflichen
Einladung bis in die kleinsten Details hinein vernehmen.
Die schweigsame und reglose Haltung der Anwesenden
machte ihn jedoch mitten in seinen Erkundigungen
stutzig. Da, aber trat Doctor Schmey entschlossen vor
und sagte halblaut und bedeutungsvoll:

„Machen Sie sich auf die größten Ueberraschungen
gefaßt! Ich bitte Sie, mir in's Nebenzimmer zu
folgen." Mit Scheppkes im Nebenzimmer angekommen,
fuhr er fort:

„Ich darf einem Ehrenmanne, wie Sie, ein Ge=
heimniß anvertrauen. Meine gestrige Einladung war
eine wahre Wunderkur für meine Zeitung, die, wie
Sie wissen, an einer schweren Suspensionskrankheit
darniederlag. Ich habe die größte Zukunft vor mir —"

„Freut mich von Herzen!" rief Scheppkes mit un=
geheuchelter Theilnahme, mit vollem Herzensantheil.

„Doch," fuhr Schmey, einen Anlauf nehmend, fort,

„ich komme zum Wichtigsten. Ich wage es kaum vor-
zubringen und doch muß ich die Sache, da ich morgen
abzureisen gezwungen bin, offen heraus sagen."

„Nur heraus!" ermunterte ihn Scheppkes corbial
und fügte leiser mit einem nervösen Lächeln hinzu:
„Brauchen Sie Geld?"

„Geld! Nein! Durchaus nicht!" erwiderte Schmey,
dem die unbeabsichtigte Ironie der Frage trotz des Ernstes
der Situation nicht entgangen war. „Und doch verlange
ich von Ihnen etwas, was mehr Werth in Ihren
Augen hat, als alle Ihre Habe. Die aufrichtige Neigung,
die ich im Herzen für Fräulein Sarah fühle —"

„Weiß sie etwas davon?"

„Sie erwidert meine Gefühle."

„O, Ihr Spitzbuben!" rief Scheppkes, vor Freude
außer sich, den Redakteur an der Hand fassend und
Sarah zuführend. „Hinter meinem Rücken! Nun,
es ist Eure Sache! Möge Euch Gott so segnen,
wie ich Euch meinen Segen ertheile!"

Die Verlobten fielen einander in die Arme. Die
allgemeine Freude erreichte aber den Gipfel als die
Mutter herbeigeholt und in Kenntniß von dem großen
Ereigniß gesetzt worden war.

———

Sechstes Kapitel.

Worin Gensd'armen auftreten.

Am Nachmittag jenes Tages, der Sarah einen Bräutigam zugeführt hatte, saß Dubsky unweit von der Mühle, nahe dem Wasser unter einer mächtigen Linde und rauchte gemächlich seine Pfeife. Ihm gegenüber hatte Hedwig Platz genommen und zwar auf ausdrücklichen Wunsch ihres Vaters, dessen liebste Erholung es war, täglich eine Weile mit seinem geliebten Kinde zu plaudern.

„Wirklich, Kind," sagte Dubsky nach einer Pause, in welcher seine Augen ruhig sinnend auf dem schönen Angesicht seiner Tochter verweilt, „der Gedanke, der mir gestern durch den Kopf gefahren — Du weißt schon welcher — verläßt mich nicht. Und Du? Hast Du ihn nicht auch in Erwägung gezogen?"

„Nicht eine Minute lang!" lachte Hedwig.

„Und fällt Dir nicht ein, daß junge Mädchen hei=
rathen müssen?"

Hedwig flog auf ihren Vater zu, schlang den Arm
um seinen Hals und sagte:

„Hab' ich denn Dich nicht, Vater? Bin ich nicht
glücklich? Mir ist, als ob sich in meinem Leben gar
nichts zu ändern brauchte! Mag es so dauern —
lange, lange! Kann ich Dich vollends umstimmen,
daß Du nicht von hier fortgehst, was hab' ich dann
noch zu wünschen?"

„Aber es bleibt nicht immer, wie es ist," sagte
Dubsky. „Unversehens werden wir alt. Liebes Kind,
man hat den Vater nicht immer! Ich bin noch wohl=
auf für meine Jahre und doch hab' ich oft zu Zeiten
das Gefühl: es wird Abend. Da wüßte ich gern,
wer nach mir Dein Freund und Beschützer sein wird.
So sprich doch — kann Dir — ich rede gar nicht
von dem neuen Ankömmling — kann Dir von unsern
jungen Leute gar keiner gefallen?"

„Keiner!" sagte Hedwig ruhig.

„Der Aktuar Auwald, zum Beispiel," sagte der Vater,
„ist ein herzensguter Mensch. Er liebt Dich, ich weiß

es, von ganzem Herzen. Wie dem schüchternen Men=
schen die Augen leuchten, wenn Du nur halbweg
freundlich mit ihm sprichst—"

„Der Auwald!" rief Hedwig. „Ei, das wäre mir
ein schöner Beschützer nach Deinem Sinn! Unselbst=
ständiger als den hab' ich noch keinen Menschen ge=
sehen! —

„So lehnst Du mir Einen nach dem Andern ab,
wenn ich Dir Freier vorführe," sagte der Vater.
„Du findest an Jedem was auszusetzen. Kind, ich
weiß nur zu gut, was hinter diesem Ablehnen steckt
— der heimliche Glaube, daß Jemand wieder kommt,
der doch sicherlich — wenn nicht Alles täuscht —"

So war das Gespräch unversehens wieder auf
diesen von Hedwig so gemiedenen Punkt gekommen,
ihr Gesicht glühte von rasch aufflammender Röthe.

„Ach, lieber Vater," sagte sie, die Augen von ihm
abwendend, „glaube nicht, daß ich noch daran denke —
es wäre Thorheit und so thöricht ist Deine Hedwig
nicht. — Ueber den, den Du meinst, hab' ich längst
im Herzen das Kreuz gemacht. Ich weiß, der kommt
nicht wieder. Doch sieh nur," sprach sie rasch, gleich=
sam froh, daß sich eine Ablenkung von diesem Ge=

fpräch finde — doch fieh nur her — da kommt ja
Befuch —"

Dubsfy blickte empor, eine Gruppe von fünf Per=
fonen kam auf die Mühle zu. Bald erkannte man
fie: voran ging Schmey, Sarah am Arme führend,
in zweiter Reihe folgten Vater und Mutter Scheppkes
in Begleitung Stropps.

„Ei, ei!" fagte Dubsfy, die Pfeife weglegend,
„Scheppkes an einem Wochentage fpazieren gehend —
das ift unerhört, das hat was zu bedeuten!"

Indeß war Schmey rafch vorangeeilt. „Lieber Herr
Dubsfy," fagte er, „meine Abreife findet eher ftatt,
als ich glaubte. Morgen früh. Ich konnte aber nicht
fcheiden, ohne meinem treuen Abonnenten Abieu zu
fagen." —

„Aber das ift ja abfcheulich von Ihnen, Kraßnitz
fo bald den Rücken zu kehren!" fagte Dubsfy. „Vater
Scheppkes, haben Sie keinen Machtfpruch gethan?"

„Der Teufelsmenfch!" erwiderte der Alte. „Er
begnügt fich nicht damit, abzureifen, er zieht mir auch
noch meine Tochter nach."

„Was hör' ich!" rief Hedwig in die Hände klatfchend.

„So ift's, verehrter Herr Dubsfy, liebes Fräu=

lein," sagte Schmey. „Hier stelle ich Ihnen meine Verlobte vor."

„Ei, das ist ja wunderschön!" rief Dubsky. „Nun, das ist rasch gegangen! Sehen und siegen wie Cäsar. Da erkennt man den Sohn des Jahrhunderts, das mit Lokomotiven fährt."

„Wir feiern heute Abschied und Verlobung in einem kleinen Kreise," sagte Frau Scheppkes. „Da kommen Sie doch zu uns, lieber Nachbar?"

„Welche Frage; gewiß! Und ich will so lustig sein, wie Sie's nur verlangen können. Hören Sie, das ist einmal eine passende Ehe! Es fiel mir schon ein — denn ich bin ein Mensch, der die jungen Leute gern zusammenbringt. Jung gefreit.—"

Er schlug mit väterlicher Nonchalance den Arm um die Verlobte und sagte:

„Liebe kleine Sarah! Es ist der Beruf Ihres künftigen Gatten, Opposition zu machen. Wenn Sie das von ihm lernen sollten, wenden Sie es nur um Himmelswillen nicht im Hauswesen an. Aber — was brauche ich Ihnen gute Lehren zu geben! Wer eine so gute Tochter war, wird auch ganz gewiß eine gute Frau."

Die Ehegatten Scheppkes fühlten ihre Augen feucht
werden und kamen mit ihren Taschentüchern zu Hilfe.

„Ein paar Flaschen!" rief Dubsky einer vorüber=
gehenden Magd zu. „Jetzt aber," fuhr er fort, als
er bemerkte, daß Scheppkes noch weine, „lassen Sie
es nicht mehr regnen — lassen Sie uns fidel sein.
Sarah! Lassen Sie Sonnenschein kommen! Groß und
hell genug dazu sind Ihre Augen!"

Sie gingen in die Laube, die mitten im Gärtchen
stand und nahmen Platz.

„Wissen Sie was," sagte Dubsky zu den Verlob=
ten, „im Laufe des Winters werde ich Ihnen meine
Aufwartung machen. Ich hab' einen Bruder in Wien,
den ich schon seit mehr als sechs Jahren nicht gesehen,
den will ich einmal heimsuchen. Er ist ein guter,
kreuzbraver Mensch, Wirth auf den Wieden."

„So, so!" meinte Schmey.

„Er hat die Restauration zum ewigen Licht."

„Mir wohlbekannt!" rief Schmey. „Das Haus
ist in der Nähe der Redaktion und unsere Leute sind
oft dort. Ich schicke oft hin, um meinen Hauptmit=
arbeiter, Grauwack, abholen zu lassen. So, so! wie
sich das trifft, Ihr Bruder!"

„Ja, mein leiblicher Bruder. Ich habe ihm längst den Besuch versprochen; wenn's angeht, nehm' ich meine Hedwig mit."

„Hocherfreut, Sie in Wien wiederzusehen! Ich will dort nach besten Kräften den Maître de plaisir machen. Wird es angenommen?"

„Mit Freuden!" sagte der Müller und reichte seine Hand hin.

In diesem Augenblicke kamen zwei Gensd'armen den schmalen Wiesenweg daher. Ihre Pickelhauben funkelten in der Abendsonne, die grüne Uniform mit den prunkvollen orangegelben Fangschnüren machten sie weit hinaus kenntlich. Dubsky, dem bei seinen Gesinnungen die Gensd'armerie im Allgemeinen ein Dorn im Auge war, sagte wie durch einen unangenehmen Anblick aus heitern Gedanken herausgeworfen:

„Da sehen Sie die Geschöpfe der neuesten Bach=Giulay'schen Ordonanzen, unsere neue bewaffnete Bürcaukratie! Die späht und schnüffelt von Haus zu Haus und arbeitet lustig in Denunciationen. — Ein Kerl, der gestern noch hinter dem Pfluge herging, ist, seitdem er diese schöne Uniform anhat, souverän. Alle Civilbehörden müssen ihm, wenn er es fordert, Folge

leisten, der Gemeindevorsteher duckt sich vor ihm.
Jede wörtliche und thätliche Beleidigung oder Wider=
setzlichkeit gegen einen dieser Helden wird als Ver=
brechen der öffentlichen Gewaltthätigkeit bestraft; ge=
hört der Thäter dem Militärstande an, so unterliegt
er dem kriegsrechtlichen Verfahren. Sein Zeugniß hat
volle Glaubwürdigkeit — verstehen Sie das! — Da
ist kein Appell! Bei — wie es im Paragraph heißt
—auf Vereitlung seiner Dienstverrichtung abzielendem
Widerstand kann er vom Bajonnette und von seinem
geladenen Gewehr Gebrauch machen. Ja, das sind
unverletzliche Bursche! Jeder gemeine Gensd'arm, der
entfernt von allen Vorgesetzten seinen Dienst versieht,
ist souverän. Am meisten hat mich ein Paragraph
lachen gemacht: 'Jede Verwendung des Gensd'armen
zu Privatzwecken, selbst in jenen seines Vorgesetzten,
zieht die kriegsrechtliche Behandlung Desjenigen nach
sich, welcher ihn zu solchen Zwecken verwendet. Das
heißt doch wirklich einen Menschen mit beinahe gött=
lichen Vorrechten ausstatten."

So weit Dubsky. Doch die Gensd'armen gingen
nicht blos vorüber, damit er seine Ausfälle gewissermaßen
auf sie als lebendes Objekt richte, sie blieben vor der

Mühle stehen und kreuzten an der Schwelle die Ge=
wehre, als ob sie den vorderen Zugang besetzen wollten.

Dubsky erbleichte, aber die Bläſſe wechſelte blitz=
ſchnell mit dem grellſten Roth.

„Was wollen Sie da?" rief er aufſpringend und
an die Gensd'armen heranlaufend ziemlich barſch. Er
wußte noch nicht, daß auch hinter der Mühle der
Steg und die beiden Eingänge der Seitenflügel je
von einem Mann beſetzt waren.

Die Gensd'armen ſahen ihn ruhig an, ohne eine
Miene zu verziehen und ſchwiegen.

„Ich werde mich auf der Bezirkshauptmannſchaft
beſchweren!" rief der Müller. „Laſſen Sie mich in's
Haus, um meinen Rock zu holen."

„Wir haben den Befehl," ſagte einer der Gensd'ar=
men, „Niemanden mehr ein und Niemanden heraus
zu laſſen."

„Donnerwetter!" ſchrie Dubsky. „Ich darf nicht
in mein eigenes Haus? Das iſt ungeſetzlich. Ich will
einen ſchriftlichen Vorweis."

Die Gensd'armen wechſelten ſtumme Blicke unter
einander, als ob ſie ſich fragten, ob ſie nicht mit dem
Unzufriedenen kurzen Prozeß machen ſollten.

Da trat Scheppkes, schüchtern wie in der Nähe
von Wölfen, an Dubsky heran und flüsterte ihm bit=
tend in's Ohr: „Fassung, Fassung, lieber Nachbar!
Die Leute haben ihren Befehl und können nicht anders.
Die Beschwerde steht Ihnen offen, während Sie jetzt —"

„Ich will sehen," fiel ihm Dubsky, der von einem
heftigen cholerischen Temperament war, in's Wort, „ob
ich noch hier Hausherr bin! Ich wiederhole, daß ein
solches Verfahren brutal und ungesetzlich ist. Die
Reichsverfassung, vom Kaiser octrohirt, besteht noch
zur Recht und darin steht ein Paragraph, daß die
Polizei ohne richterlichen Befehl in kein Haus ein-
bringen darf. Wo ist der Befehl?"

Die Gensd'armen lachten verächtlich. In diesem
Augenblick erschien um die Ecke der Mühle ein junger
Mann in Beamtenuniform von einem Gerichtsdiener
begleitet. Es war der eben vorhin erwähnte Anwald,
Actuar der Bezirkshauptmannschaft, ein sanfter Mensch,
von angeborener Schüchternheit und unbezwinglicher
Freundlichkeit, blond und mild wie ein altdeutscher
Page.

„Lieber Herr Dubsky," sagte der junge Actuar
mit einer milden, flötenden Stimme von Weitem,

während er dem Bergmüller versöhnlich die Arme zum Händedruck entgegenstreckte, „ich bedaure unendlich —“

„Kommen Sie als Kommissär?“ fragte Dubsky ernst und kurz.

„Ja wohl, Verehrtester!“ erwiderte Auwald sanft.

„Dann,“ sprach Dubsky, „will ich die richterliche Ermächtigung zu dieser Gewaltthat haben, nicht Ihre sonst schätzenswerthe Hand.“

„Meine Pflicht —“ stotterte Auwald, sich verlegen entschuldigend — seine sanfte Gemüthsart bereitete ihm bei seinem harten Berufe ewige Conflikte — „meine schwere Pflicht —“ wiederholte er, während Dubsky von den anwesenden Gästen umringt und zur Mäßigung ermahnt wurde.

Diesen Moment benutzte Auwald, um mit dem Gerichtsdiener in's Haus zu schlüpfen, während ihm zwei frisch angekommene Gensd'armen auf dem Fuße dahin nachfolgten.

Eine kleine für Dubsky und die Freunde peinliche halbe Stunde war ohne weitere Zwischenfälle dahingegangen, ehe Auwald wieder zum Vorschein kam. Endlich erschien er, höchst aufgeregt und lief, rasch den Hut ziehend, scheu davon. Ihm auf dem Fuße folgte

9*

einer der Gensd'armen, einen Bund mit Wäsche und
zusammengerollten Kleidern in der Hand. Dubsky
sah ihn mit rollenden Augen sprachlos an.

Da trat der zweite Gensd'arm, der mit dem Com=
missär in's Haus gegangen, hervor und sagte zum
Müller höflich aber gemessen:

„Sie werden mit mir gehen."

Sarah stieß einen Schrei aus, während Hedwigs
wehklagende Stimme aus dem Innern der Mühle
vernehmbar wurde.

Dem Redakteur gab die Scene, deren Zeuge er
war, Stich um Stich in's Herz. Er stand schweigend
und erbleicht da, in ihm rief es: „Von heute ab wirst
Du diese und jede Willkür in Schutz nehmen müssen!"

Sein Herz bebte zusammen.

Dubsky ließ sich ruhig abführen.

Trotz der Verhaftung dauerte die Besetzung der
Mühle weiter fort, die Gensd'armen blieben ruhig auf
ihren Posten. Noch wollten die Gäste nicht fort, sie
baten Hedwig, mitzugehen und in ihrer Mitte etwas
Trost zu empfangen. Es war vergebens. Hedwig
wollte das Haus nicht verlassen. Sie saß auf einem
Stuhl, beinahe mitten in der Stube, mit stie^{ren}, tief

gerötheten, wiewohl thränenlosen Augen, wie hingebannt und festgehalten von einem übermächtigen Schmerz. Allen Fragen, ob sie die Ursache der Verhaftung ihres Vaters ahnen könne, setzte sie ein düsteres, höchstens von einem Schütteln des Kopfes begleitetes Schweigen entgegen.

Da sie nicht in der Verfassung schien, irgend einen Trost anzunehmen, blieb nichts übrig, als sie allein zu lassen und die Gesellschaft entfernte sich langsam.

Wohl waren am selben Abend im Hause bei den Eisenhütten alle Fenster beleuchtet, die Freundinnen, die Sarah sonst noch in der Stadt hatte, waren bei der Nachricht ihrer Verlobung herbeigeeilt, alle voll Neugier, den Bräutigam kennen zu lernen, aber der Vorfall in der Mühle hatte einen schneiden= den Mißton in das Abendfest gebracht; man sprach bei Tisch bis in die tiefe Nacht hinein von nichts Anderm, als von dem, was dem räthselhaften Einschreiten gegen einen bisher so unbescholtenen Mann, wie den Berg= müller, zum Grunde liegen könne.

Siebentes Kapitel.

Die Erscheinung bei der Einsiedlerklause.

Ungefähr ein halbes Stündchen vom Schlosse steht auf einer sanften Anhöhe die sogenannte „Einsiedler= klause." Es ist ein Sommerhäuschen von Baumrinde mit farbigen Glasfenstern. Ein schwermüthiger, aber poetischer Naturfriede herrscht auf dieser einsamen, der Welt entzogenen Stätte. Die hohen und schlan= ken Gestalten mächtiger Fichtenstämme, unter welchen ein Dickicht junger Setzlinge auf's Ueppigste nach= wuchert, begränzen den ganzen Hintergrund und stei= gen bis an die Klause hinauf, um noch um diese ein malerisches Spalier zu bilden, während sich auf der Vorderseite der lieblichste Contrast zur finstern Wald= wildniß darbietet. Der Teich, der hier einen tiefen

Einbug macht, scheint auf beiden Seiten vom Walde umschlossen und das Auge vermeint, einen verlassenen Waldsee vor sich zu haben. In der That ist der Teich, an dessen Ufer auf dieser Stelle nur ein schma= ler Fußsteig hinführt, hier tiefer, schwärzer und ernster als sonstwo, und in der verhältnißmäßig wenig be= suchten Einsamkeit dieser Bucht nisten die scheuen Wasserhühner lieber als anderswo.

Die Sonne neigte sich bereits zum Untergange und warf ihre goldenen Strahlen auf die grünen Wipfel des jenseitigen Ufers, während der Spiegel des Teiches eine dunkle Stahlfläche schien. Ein frisches, aber um so lieblicheres Lüftchen kam aus den Bergen hervor und die Waldschnepfe begann ihren abendlichen Flug.

Auf dem Ruhesitze vor dem Sommerhäuschen saßen zwei Damen schweigend, nach lebhafter Unter= haltung Athem schöpfend, die Augen auf das Wasser geheftet, da. Die Eine, Aeltere, eine Frau von sor= genfreien, die Welt anlächelnden Mienen, tändelte mit ihrem Fächer, die Andere hatte ein Buch in der Hand. Es war eine hohe, edle, in allen Zaubern der Jugend strahlende Gestalt, ein Modell für jeden Maler, so zwar, daß sie die Phantasie aller Freiheit beraubte und in der sclavischen Nachbildung dieser vollkommenen Wirklichkeit ihr Ideal zu suchen zwang. Die großen dunkelblauen Augen von seelenvollster Innigkeit, voll Feuer und Licht, von jener Eigenthümlichkeit, welche den Blick des Betrachtenden in die unerforschlichen Tiefen des Gemüthes hinabzuführen scheint, mit lan=gen, schwarzen, schmachtenden Wimpern geschmückt, von edel gezeichneten Brauen überwölbt, contrastirten mit dem reichen, rabenschwarzen, beinahe in's Bläuliche spielenden Haare auf's glücklichste gegen den hellen, äthe=rischen Teint, und das zartangehauchte Colorit der blü=henden Wangen. Die feine Nase, die tiefrothen Lippen des lieblichsten Mundes, welcher seeliges Begehren ath=mete und einflößte, vollendeten den Eindruck eines Gesichts, welches gewiß nur selten seines Gleichen gehabt hat und welches an den Schönheiten des Cor=reggio mit seinen sanften, vergeistigten Zügen voll tiefweiblicher Sensibilität verklärte Rivalinnen fand.

Diese Augen blickten, während die blendend weiße Hand das Buch reglos festhielt, vor sich hinaus. Kein süßes Träumen, keine Spur der Heiterkeit, die sonst darin wohnte, lag diesmal in ihrem Ausdruck, sondern

Wehmuth, ja Schmerz. Die Augen starrten auf das dunkle Wasser, wie wenn aus dessen Tiefe ein ver= lorenes Glück wieder emporsteigen solle, oder als ob es dort eben hinabgesunken sei.

Dieser Zustand der Seelenversenkung, zu welchem die lautlose Stille und die milde Abendbeleuchtung verführerisch einluden, wurde durch ein Geräusch, das sich plötzlich unmittelbar hinter der Klause vernehmen ließ, abgebrochen. Es war, wie wenn etwas in dem immer lauter raschelnden Laube ein paar Schritte heran= eile, das Dickicht gewaltsam beuge und sich auf dem kürzesten Wege Bahn breche.

„Mein Gott, was ist das?" stieß die ältere Dame, die den Fächer zwischen den mit Ringen bedeckten Fingern hielt, mit angsterstickter Stimme hervor, während die jüngere ruhig, aber mit Spannung lauschte. Sie sprang instinktiv empor, von den Blicken der über= rascht Dasitzenden gefolgt, näherte sie sich langsam der Wand des Häuschens und blickte, um den Gegen= stand ihres Schreckens zu prüfen, in das dahinter gelegene Dickicht.

Sie hatte kaum hingesehen, als sie sich, an allen Mienen entstellt, umwandte, und mit einem leisen,

unterdrückten Schrei, beide Hände auf die Augen ge=
preßt, auf ihren Sitz hinstreckte.

Da erst erhob sich die junge Dame, etwas er=
bleichend und trat aus dem Sommerhäuschen so weit
als nöthig vor . . .

Aber sie sah nichts, das Geräusch verminderte sich
von Sekunde zu Sekunde, bis es sich weit im Walde
verlor.

„Aber Frau von Wallhoff,“ sagte sie lächelnd,
„das Ungeheuer, welches Sie zu sehen geglaubt haben,
war offenbar eine Vision Ihrer Furcht!“

„Sie reden seltsam, Leonie,“ erwiderte die Aeltere
ziemlich beruhigt, fast im normalen Gemüthszustande,
doch etwas verletzt. „Die Gefahr ist vorübergegangen,
aber darum war sie doch da. Das war irgend ein
toller Vagabund, ein zum Aeußersten entschlossener
Landstreicher! Ich habe ihn mit meinen Augen
gesehen!“

„Und sollte dieser zu einem so eiligen Rückzug ge=
trieben worden sein, als er eine Frau sah? Eine
Frau, welche ihm die Furcht auf Gnade und Ungnade
übergab? Ein Reh war es, im äußersten Falle ein
Hirsch!“

„Ihr habt Euch," sprach Frau von Wallhof empört, „diesmal im Schlosse das Wort gegeben, mich wie eine Närrin zu behandeln! Ich, furchtsam? Ich, die bei Allen, die mich kennen, meiner Kaltblütigkeit wegen berühmt, ja berühmt bin!"

„Und doch zittern Sie jetzt noch am ganzen Leibe!"

„Freilich, doch das geschieht nur, wenn ich in allem Ernste glauben muß, daß meine letzte Stunde schlägt. Warum zittere ich denn jetzt nicht mehr?" fügte sie mit heiter erhabener Ruhe hinzu.

Da rauschte es plötzlich von einer andern Seite, von dem Fußpfade, der vom Schlosse führt, her, dazwischen waren feste und rasche Schritte zu vernehmen.

„O, du mein Himmel!" stieß Frau von Wallhof, die kreideweiß geworden, hervor und wollte die Anhöhe herabrennen, um sich in irgend einem Gebüsche zu verstecken. Leonie aber, welcher dieser neue Schrecken diesmal nur Bedauern eingeflößt hatte, rief ihr hell laut lachend zu: „Wohin? Es kommt ja kein Räuber, sondern ein Ritter, ein Beschützer! Kommen Sie doch hervor!"

Frau von Wallhof wagte sich einige Schritte vorwärts, als sie aber in einiger Entfernung in dem zum

Vorschein Kommenden den Rittmeister Halbenried er=
kannte, stürzte sie ihm in namenloser Begeisterung mit
offenen Armen entgegen.

„O, unser Ritter!" rief sie und erzählte ihm nun
den verdächtigen Vorfall mit aller Uebertreibung, wie
es nur bei der Hast und der gedrängten Kürze der
Darstellung möglich war.

Leonie war inzwischen herangekommen und Halben=
ried verbeugte sich stumm vor der ihm noch unbekann=
ten Erscheinung. Er war von so viel Schönheit bis
in's tiefste Mark ergriffen und der Eindruck einer ihn
selbst bestürzenden Bewunderung spiegelte sich auf allen
seinen Gesichtszügen ab. Er wurde unruhig, er war
so zerstreut, während er sich doch anstrengte, ganz
Ohr zu sein, er vermochte kein Wort über die Lippen
zu bringen.

„Es war ein Hirsch, liebe Wallhof," sagte Leonie,
„und zwar einer, der noch furchtsamer war, als wir,
da er vor uns weglief. O, Frau von Wallhof, wenn
die Eichkätzchen wüßten, daß Ihre Nerven so zum
Schrecken geneigt sind —"

Dem Rittmeister, der diese Auslegung vollkommen
theilte, war die Sache gegen das, was in ihm vor=

ging, eine so grenzenlose Kleinigkeit, daß er auf eine
Erwiderung, die doch am Platze war, noch immer
warten ließ, während seine Augen auf Frau von
Wallhof geheftet waren und ohne Muth, die Unbe=
kannte anzusehen, sich nur zu deren Füßen langsam
senkten.

„Da sieht man die Männer!" rief Frau von Wall
hof, zu deren Aerger, um ihn zu verstärken, noch die
Eifersucht trat. „Lassen wir die Sache fallen, denn
ich weiß, daß auch Sie, Herr Rittmeister, mir Unrecht
geben! O, die berühmte Logik und Unpartheilichkeit
der Männer! Wenn Damen sie als Schiedsrichter
anrufen, zählen sie nicht die Gründe, sondern die
Jahre! Wenn Eine nur um fünf Jahre älter ist,
als die Andere, so ist sie schon im Voraus verurtheilt!
Nun gut, es war ein Hirsch! Es war ein Hirsch!"

Sie ging bei Seite und auf und ab, ihren Grimm
unter der Maske sanftester Resignation verbergend.

„Kommen Sie vom Schlosse, Herr Rittmeister?"
fragte Leonie.

„Ja, gnädiges Fräulein," murmelte Halbenried,
als Frau von Wallhof, sich auf das rascheste umkeh=
rend, in's Wort fiel und mit boshafter Höflichkeit sagte:

„Dieses gnädige Fräulein ist die Frau des Gene=
rals von Greifenstein und bereits in's fünfte Jahr
verheirathet."

Haldenriebs Ueberraschung war unbeschreiblich, doch
ging diese weniger aus der Thatsache, die er eben ver=
nommen, hervor, als aus dem Gedanken: welches Ge=
schick muß hier gewaltet haben, daß die schönste der
Göttinnen das Weib des alten, ungeformten Vulkan
werden konnte!

„Wissen Sie nicht," hob Leonie wieder an, „warum
Cornelia uns nicht nachgekommen ist?"

„Ist sie nicht hier?" murmelte Haldenried. „Sie
war mir eine kleine Strecke mit Frau Hassenfeld vor=
angegangen, so daß ich die Damen einzuholen glaubte."

„Nun klärt sich Alles auf, Frau von Wallhof!"
rief Leonie lachend. „Cornelia wird unbemerkt hinter
die Klause geschlichen sein, um uns zu erschrecken, und
da der Scherz wirkte, sich schnell entfernt haben, um
ihn zu verlängern oder noch einmal aus irgend einem
Dickicht über uns herzufallen."

Haldenried lächelte beistimmend, aber kein Scherz
vermochte die wühlende Aufregung zu übertäuben, von
welcher sein Herz seit seiner Ankunft ergriffen war.

„Spotten Sie!" rief die Wallhof tief verletzt.
„Ich bleibe dabei, einen Vagabunden, einen wilden
Gesellen gesehen zu haben. Ich habe ihn gesehen,
ich sehe ihn noch, dort — durch das Dickicht neben
dem abgenagten Baumstamm bis an den Gürtel her=
vortreten und mich angrinsen. Ich sehe sein Gesicht,
den Rock von grauem Tuch, eigentlich eine Jacke.."

Sie wurde von dem ungläubigen Lächeln Leonie's,
welche diese Beschreibung für eine Zuthat der Frau
von Wallhof eigenthümlichen Phantasie hielt, unter=
brochen.

„Was ich da sage, kann ich bezeugen, beschwören!"
rief die entrüstete Frau. „Wenn Sie übrigens mei=
nen Augen und meiner Aufrichtigkeit so wenig Zu=
trauen schenken, so werden Sie doch meine Logik nicht,
wie neulich, gewagt, sondern schlagend finden und zu=
geben, daß ein Hirsch keine graue Jacke anhaben kann!"

Es war bereits dunkel geworden, als die Gesell=
schaft den Rückweg antrat und mit diesem Gegenstand
noch immer beschäftigt, im Kastanienwäldchen anlangte,
wo der Graf, seine Schwester und der General an=
wesend waren.

„Haben Sie Cornelia nicht getroffen?" fragte der Graf.

Man verneinte es.

Bestürzt wollte sich der Vater erheben, als der alte Kammerdiener herantrat und mit auffallend un= sicherer Stimme meldete:

„Seien Sie unbesorgt, Excellenz! Ich habe das gnädige Fräulein soeben die Schloßtreppe hinaufgehen sehen."

„Du sagst es auf eine Art," erwiderte der Graf mißtrauisch, „doch — wie siehst Du aus — Du bist naß und von Schlamm beschmutzt bis an die Weste — mein Gott, Cornelia ist in den Teich gestürzt —"

„Nein, nein, nein!" rief Koß mit ängstlicher Ver= legenheit, die wenig Glauben einflößte.

„Da kommt ja das Mädchen!" rief Gräfin Sophie. „Wie Ihr die Fassung schnell verliert!"

Cornelia kam, wie Koß es angegeben, vom Schlosse daher.

„Wo steckst Du, Kind?" rief der Vater, ihr ent= gegenfliegend, während Koß den Moment benutzte um fort zu eilen und den Anzug zu wechseln.

„Warum?" fragte Cornelia mit eigenthümlicher
Unruhe.

„Wie blaß Du bist!" rief der Vater, die Lampe
näher rückend. „Dir ist etwas geschehen?"

Alle, die das Mädchen genau kannten, mußten
diese Vermuthung theilen.

„Nun," sprach Cornelia entschlossen, „da meine
Absicht eine so verkehrte Wirkung hervorbringt, will
ich beichten. Ich hatte mich mit Frau Hassenfeld zur
Klause begeben. Mitten auf dem Wege —"

„Nicht wahr?" unterbrach sie Frau von Wallhof,
indem sie ungestüm herbeischoß und das Mädchen am
Arme faßte. „Da kam ein wilder Vagabund in einer
grauen Jacke —"

Cornelia schwieg, wie versteinert.

„Da haben Sie, Leonie," rief Frau von Wallhof
triumphirend, „da haben Sie den Hirsch!"

„Ich verstehe Sie nicht," sagte Cornelia, wieder
mehr gefaßt. „Was für ein Vagabund? Was wissen
Sie von einem Vagabunden?"

„Sie haben ihn also nicht gesehen?"

„Nein, gewiß nicht," antwortete Cornelia nach
einigem Zaudern. „Ich wollte erzählen, daß mir

mitten auf dem Wege der Kopf so schwer und schmerz=
haft wurde. Ich mußte heimkehren und wollte, um
meinem ewig besorgten Vater keinen Schreck zu ver=
ursachen, nichts davon sagen. Das war ganz recht,
denn jetzt ist Alles wieder vorüber."

Nun erst, nach dieser befriedigenden Erklärung,
konnte Frau von Wallhof, ohnedies von allen Seiten
dazu aufgefordert, ihrem Drange, das Abenteuer in
der Klause zu erzählen, Luft machen.

Noch ehe sie zu Ende gekommen, nahm das Hohn=
gelächter so überhand, daß sie in ganz verzweifelter
Stimmung aufhören mußte.

„Da haben's halt wieder mal," sagte der alte
General, „an' schrecklichen Nationalgardisten g'sehn.
Das ist halt wieder eine von Ihren G'schichten, an
denen nichts weiter richtig ist, als daß Sie in Ohn=
macht g'fallen sind."

In diesem Momente schnitt das Erscheinen des
Bezirkshauptmannes die weiteren Debatten ab. Er
schien sehr animirt und begann, als er Platz genommen
hatte, alsbald in der muntersten Erzählerlaune:

„Heute Abends, meine Herrschaften, sind meine
Gensd'armen in unserem friedlichen Kraßnitz einem

seltenen Wild auf die Fährte gekommen. Es ist wirklich merkwürdig, was man jeden Tag erlebt! Unser
Bergmüller Dubsky, den man allgemein für einen
wackeren Mann ausgegeben, hat sich auch schlecht bewährt. Er hat einen Menschen, der wahrscheinlich
an der ungarischen Rebellion betheiligt gewesen, jedenfalls einen gemeinschädlichen Landstreicher, bei sich aufgenommen und anstatt die loyale Anzeige beim Be-
zirksamt zu machen, ihn wahrscheinlich längere Zeit
bei sich beherbergt. War es nun vom Dubsky Mitleid, hinter dem sich im Grunde doch nur Sympathie
für die Sache der Revolutionnairs versteckt, oder hoch-
verrätherische Mitschuld, das wird eine gewissenhafte
und umfassende Untersuchung sonnenklar zu Tage
fördern. Kurz und gut, unsere Gensd'armen um-
ringen plötzlich das Haus, dennoch gelingt es ihnen
nicht, da sie mit allen Fuchslöchern der Mühle nicht
so vertraut sind und sein können, die Arretirung daselbst zu bewerkstelligen. Der Flüchtling reißt ungesehen aus, schwimmt, wie sich's einzig und allein annehmen läßt, durch das Wasser und entkommt an's
andere Ufer. Denn es ist höchst unwahrscheinlich,
daß er in das Gehölz diesseits springen und den

10*

Park Ihrer Excellenz, Herr Graf, erreicht haben
sollte —"

„Er hat ihn erreicht, lieber Rack!" rief Frau von
Wallhof, die mit hochpochendem Herzen die Stunde
ihrer Rehabilitirung schlagen hörte. „Er ist hier im
Park! Da sehen Sie, Leonie!"

Alle, die früher so höhnisch gelacht, blieben be=
troffen. Frau von Wallhof aber erzählte den darauf
Bezug habenden Vorfall auf das Umständlichste und
schloß:

„Das ist meine Aussage, die können Sie gleich
zu Protocoll nehmen, lieber Rack!"

„Sie leisten," erwiderte der so Angeredete höchst
überrascht, „der Sicherheitsbehörde einen enormen
Dienst. Die Polizei hat es Ihnen zu danken, wenn
sie hierorts noch den Menschen unter Schloß und
Riegel bringt. Ich muß sogleich —"

Er riß seine Brieftasche hervor, schrieb einige
Zeilen auf ein Blatt, sprang auf und wendete sich an
den steif dastehenden Koß.

„Lieber Koß," flüsterte er ihm zu, „tragen Sie
dieses Blatt sofort auf die Gensd'armeriewachtstube
oder lassen Sie es dort abgeben. Sogleich —"

Koß eilte mit dem Papier davon, während Cor=
nelia sich verstohlen erhob und ihm nachstürzte. Hinter
der Schloßecke hielt sie ihn an und fragte in größter
Gemüthsbewegung:

„Wo ist er? Reden Sie! Ich vergehe!"

„O, mir ist selbst angst und bange," erwiderte
Koß, sich in die Haare greifend und aufseufzend, „o
Gott, gnädiges Fräulein —"

„Ich frage, wo er ist?" sprang ihm Cornelia mit
höchster Ungeduld in's Wort.

„Im Schloß ist er schon," war die Antwort, „ganz
gut verborgen."

„Ach Gott," seufzte Cornelia, „welch eines Men=
schen vielleicht haben wir uns erbarmt!"

Sie stoben auseinander.

„Nun, was sagt Dubsky?" fragte der Graf Herrn
von Rack.

„Der läugnet! Der läugnet auf's Hartnäckigste;
er wagt zu behaupten, von der Existenz des Menschen
in seinem Hause nichts gewußt zu haben!"

Bei dieser Stelle war Cornelia wiedergekommen,
von dem natürlichsten Interesse verzehrt, über eine

sie selbst mit berührenden Gegenstand genau unter=
richtet zu werden.

„Begreiflicher Weise," fuhr von Rack fort, „habe
ich den Bergmüller gleich festsetzen lassen. Sein
Läugnen kann nicht lange dauern. Bei der vorgenom=
menen Haussuchung fand man das Kämmerchen, in
welchem der Flüchtling untergebracht worden war.
Das Bett war zerwühlt, wie wenn er dort eben ge=
legen wäre. Ein Paar alte Stiefel, die Niemandem
im Hause passen, lagen in der Mitte der Stube, eine
Handvoll Wäsche auf einer Kommode. Aber das
Wichtigste, meine Herrschaften! In einer Schublade
fand sich ein lederner Geldbeutel mit einigem Gelde,
darunter einige Kossuthnoten, ein Brief des Rebellen=
führers Dembinsky und ein dreischneidiges Dolchmesser,
wie wir sie in Ungarn schockweise confiscirt haben."

„Das ist stark!" ließ sich der General vernehmen.
„Die Rebellion ist seit einem Jahre erdrückt. Der
Mensch muß sich auf seiner langen Flucht von Un=
garn oder Siebenbürgen also in zahllosen Herbergen
herumg'trieben haben! Wie kommt's, daß man ihn
nicht schon lange gefangen?"

„Es muß doch noch," bemerkte das fromme Fräu=

lein, „eine Masse Leute geben, die von den Nieder=
lagen noch ungebessert sind und in ihrer Verstocktheit
ausharren!"

„Mehr, mehr, als wir nur annehmen!" rief der
Bezirkshauptmann lebhaft zustimmend. „Ich sage
mir alle Morgen, daß wir noch auf lange hinaus alle
Hände voll zu thun haben werden, um in einem großen
Theile der Bevölkerung das gute Prinzip wieder zu
wecken und den revolutionnairen Beelzebub auszu=
treiben."

„Herr von Rack," fragte Cornelia mit sichtlicher
Befangenheit und einem an dergleichen Dingen bei
ihr durchaus ungewöhnlichen Interesse, „halten Sie
diesen Menschen für einen Flüchtling, ich meine für
einen sogenannten politischen Flüchtling oder gar —"
die Worte wollten ihr auf den Lippen ersterben, „für
einen Verbrecher?"

„Ich wäre glücklich," erwiderte von Rack mit
vollendeter Galanterie, „die umständlichste Auskunft
ertheilen zu können, aber dies ist nicht möglich, bevor
ich die Untersuchung geführt habe. In diesem Falle
läßt sich nur sagen es, daß wir mit einem ausbün=
digen Rebellen zu thun haben; ich glaube keine allzu

weitgreifende Vermuthung zu wagen, wenn es mir
scheinen will, daß das Mittragen eines Dolchmessers
auf einer jedenfalls langen und mühseligen Flucht
sehr verdächtig sei. Ein Dolch ist ein sehr über=
flüssiger und compromittirender Reiseartikel, welchen
nur derjenige nicht wegwirft, der irgend einen Ge=
brauch davon machen zu können hofft. Ich wenigstens
möchte mit solch einem Gaste nicht unter einem
Dache schlafen!"

Cornelia stand, wie ganz außer sich, auf und ver=
ließ die Gesellschaft. Auf dem Corridor des Schlosses
fand sie Frau Hassenfeld mit Koß im Gespräch.

„Was haben wir gethan!" rief sie, ihrer Gesell=
schafterin bestürzt in die Arme fallend. „Ich höre
vom Bezirkshauptmann, er sei einer der gefährlichsten
Menschen —"

„Mein Gott," erwiderte Frau Hassenfeld, „Polizei=
leute darf man in solchen Fällen nicht fragen. Seit=
dem mein Mann flüchtig ist, weiß man auch ihm alle
Laster anzudichten. Ich bin ganz gewiß, daß wir
einen Unglücklichen und Verfolgten beherbergen und
keinen Verbrecher. Sein Gesicht hat irgend etwas,
was mich ruhig macht."

„Ach, wenn er —," hob Roß kläglich an, „welche Verantwortlichkeit hätte auch ich, weil ich Beistand geleistet!"

„Was liegt daran!" versetzte Frau Hassenfeld hart. „Man darf sich oft nicht fürchten, für eine gute Sache zu leiden."

„Ich thue heute Nacht kein Auge zu!" rief Cornelia, im Corridor verschwindend.

———

Achtes Kapitel.

Die Untersuchung beginnt.

Kaum hatte Doctor Schmey Kraßnitz verlassen, als sich alle Gedanken der Familie Scheppkes dem Schicksale ihres Nachbars ausschließlich wieder zuwendeten. Die Verhaftung des Bergmüllers hatte überhaupt im ganzen Orte die größte Sensation gemacht und diese war um so intensiver, als Niemand die Verhängung jener Maßregel zu enträthseln vermochte, denn dadurch wurde die öffentliche Neugierde immerfort gereizt, sich mit der Frage zu beschäftigen. Herr von Rack hatte zwar das Amtsgeheimniß gelüftet, aber aus dem auserwählten Kreise, wo dies geschehen, war nichts in's Publikum gedrungen.

Während die Gensd'armen auf der Verfolgung des

Staatsverbrechers noch immer mit unermüdlicher Haft begriffen waren, schritt auch die Untersuchung mit dem Bergmüller mit gleichem Eifer vorwärts. Beinahe das ganze männliche und weibliche Dienstpersonal der Mühle wurde gleich in den ersten Morgenstunden auf das Amt vorgeladen. Selbst Hedwig wurde der nämliche Weg nicht erspart; sie mußte ebenfalls vernommen werden, ehe zu einem eigentlichen Verhör des alten Dubsky mit Erfolg vorgeschritten werden konnte.

Scheppkes war mit Philipp Stropp in der Bergmühle erschienen, als sich das Mädchen eben auf der Bezirkshauptmannschaft befand. Bei dieser Gelegenheit erfuhren sie vom alten Valentin, einem in der Bergmühle ergrauten Mühlknecht, daß auch dieser soeben auf dem Amte ein scharfes Kreuz= und Querfeuer von Fragen bestanden habe. Nach seinen Aussagen handelte es sich um eine Person, welcher sein Herr polizeiwidriger Weise Obdach gegeben hätte. Valentin, der wie alle übrigen Dienstleute nichts von der Sache wußte, erklärte den Verdacht gegen seinen Herrn für lügenhafte Angeberei irgend eines bösen, rachebrütenden Menschen. Mit dieser oberflächlichen Andeutung über den wahren

Sachverhalt mußten die Beiden zurückkehren und hoff=
ten, von Hedwig später Näheres zu erfahren.

„Nun, so muß es doch wahr sein," sagte Scheppkes
auf dem Heimwege, „daß noch überall politische Flücht=
linge versprengt sind! Man hat es oft behauptet, ich
habe es nie geglaubt. Dennoch glaube ich, daß die
Behörde in diesem Falle mit übereiltem Mißtrauen
gegen Dubsky, der ihr schon seit dem Jahr Achtund=
vierzig im Magen liegt, verfahren ist. Möglich, daß
auch böswillige Angeberei, wie der Mühlknecht sagt,
zum Grunde liegt."

„Hören Sie," erwiderte Stropp plötzlich mit be=
deutungsvoller Miene, „ich habe eine Idee!"

„Welche Idee? Reden Sie, welche Idee?" fragte
Scheppkes, stehen bleibend, sehr gespannt.

„Doch, dummes Zeug!" rief Stropp, wie über sich
ärgerlich, so unüberlegt herausgeplatzt zu sein. „Es
ist doch eine dumme Idee. Es ist nicht werth, daß
wir davon reden."

„Was meinten Sie?" fragte Scheppkes mit kaum
geschwächter Neugierde.

Stropp stand in Gedanken verloren und sah auf
den Boden. Es war ihm nämlich eingefallen, wie

Dubsky, der ihm doch bei seinem ersten Besuche jede Räumlichkeit der Mühle gezeigt, mit einem Kämmerchen eine Ausnahme gemacht habe. Er erinnerte sich genau, daß der Bergmüller den Schlüssel umgedreht und eingesteckt hatte und daß auf seinem Gesichte ein sonderbarer Zug von Verlegenheit wahrzunehmen war, als er, Stropps deshalb an ihn gestellten Anfrage ausweichend, die Treppe hinuntereilte.

Die Erinnerung an diesen Vorfall wäre ihm beinahe entwischt, wenn er sich nicht schnell besonnen hätte, daß er damit eine gravirende Waffe gegen den Mann, den er seinen Schwiegervater nennen wollte, in fremde Hände gebe. Er hatte daher weislich abbrochen und versuchte der Sache eine andere Wendung zu geben, indem er plötzlich sagte:

„Es war allerdings eine dumme Idee, lieber Herr Scheppkes. Dennoch will ich reden, vorausgesetzt, daß es unter uns bleibt."

„Aber, Herr Stropp," rief Scheppkes, „ich ehre Sie zu viel und habe auch meinen Nachbar zu lieb —"

„Gut!" sprach Stropp. „Ich höre von Ihren Leuten, daß Hedwig ein Liebesverhältniß gehabt. Hat ihr Liebhaber nicht Werner geheißen?"

„Ja, Julius Werner," erwiderte Scheppkes.

„Ich höre auch, fuhr Stropp fort," daß er in Folge eines Streites mit Dubsky freiwillige Dienste in Schleswig-Holstein genommen, kurz sich in die Revolution gestürzt habe. Weil man nichts mehr von ihm vernommen, hält man ihn für todt; nicht wahr?"

„Man glaubt das," erwiderte Scheppkes.

„Könnte er nun nicht leben," sagte Stropp, „aber so arg compromittirt sein, daß er sich doch nirgends zeigen dürfte?"

„Das könnte freilich der Fall sein!" mußte Scheppkes beistimmen.

„Könnte er nun nicht," fuhr Stropp fort, „eines Abends in der Bergmühle erschienen sein und um Unterkunft gebeten haben?"

„Das könnte er, aber mit welchem Recht wollen Sie das annehmen?"

„Mit welchem Recht? Das lassen wir vorerst bei Seite. Sie geben zu, es wäre möglich. Wenn Werner nun erschienen wäre, halten Sie es für wahrscheinlich, daß Dubsky bei seinen politischen Gesinnungen gesagt hätte: Gehen Sie weiter! Ich muß jeden Fremden laut amtlicher Verfügung, und wenn derselbe mein eigener

Bruder wäre, bei der Polizei anmelden, sobald ich ihm Unterkunft gebe?"

„Das ist eine kitzliche Frage," erwiderte Scheppkes mit einem verlegenen diplomatischen Gesichte.

„Die Frage mag kitzlich sein," sagte Stropp, „doch für wen? Für Einen, der wie Dubsky gesinnt ist, schwerlich! Und wäre er wirklich in Zweifel gewesen, was er thun solle, so hätte ein Blick von Werner, auf Hedwig geworfen, eine Anspielung, daß ihm der Tod durch Pulver und Blei drohe, hingereicht, den Alten umzustimmen und zu dem gewünschten Entschlusse zu drängen. Ich glaube daher, lieber Scheppkes, daß der Bergmüller wirklich Jemanden beherbergt hat und daß dieser Mensch der Julius Werner war."

Das wollte Scheppkes nicht gleich in den Kopf, jedoch nach einigem Nachsinnen hatte er sich mit der Vermuthung vertraut gemacht und sagte:

„Das wäre mir nicht beigefallen! Weiß Gott, die Sache liegt nahe, daß jedes Kind darauf kommen kann. Sie haben einen Scharfblick, daß ich Ihnen mein Kompliment mache. Doch um Gotteswillen, kein Wort darüber zu meinen Weibern! Das Weibervolk verschweigt am besten, was es gar nicht weiß."

„Wo denken Sie hin!" rief Stropp. „Sie halten
es also für möglich?"

„Warum nicht?" sagte Scheppkes. „Als Ver=
muthung ist es jedenfalls sehr gut und mehr wollen
Sie ja nicht sagen. Und mein Gott, Etwas muß der
Haussuchung und vollends gar der Verhaftung zum
Grunde liegen. Daß es nur eine Denunziation wäre,
glaube ich mein Lebtag nicht. Unsere Behörden lassen
sich nicht so bei der Nase herumführen."

„Gewiß nicht!" rief Stropp mit einer plötzlich auf=
steigenden Aufregung. „Daß man aber den Werner
nicht gefaßt hat! Er muß außer Hause gewesen sein.
Es war jeder Ausgang besetzt."

„Vielleicht hat er Wind davon gehabt," antwortete
Scheppkes. „Wäre er eben im Hause gewesen, so
hätte Dubsky nicht den Muth haben können, den
Gensd'armen und sogar dem Aktuar entgegenzutreten.
Ich habe wahrhaftig um ihn gezittert am ganzen
Leibe!"

„Aber dieser Werner," sprach Stropp wie für sich,
„hat der ein Glück! Welchen Gefahren ist er schon
entronnen, und die gestrige Gefahr war gewiß nicht
kleiner, als alle vorhergehenden."

„Ob er noch durchkommt," meinte Scheppkes, „und wie weit, das fragt sich! Man verfolgt ihn, die Grenze ist überall gut besetzt und der Telegraph hat schnelle Beine."

„Sie meinen?" rief Stropp, während sich sein finster gewordenes Gesicht aufklärte. „Ja, der Telegraph ist eine teuflische Erfindung. Wer weiß, ob man, während wir reden, den armen Werner nicht bereits beim Kragen hat."

„Gott behüte!" rief Scheppkes. „Es ist ein braver, junger Mensch gewesen, ein sehr netter Mensch! Meine Sarah hat sich mit ihm gern unterhalten und sagt, daß er voll Bildung gewesen."

„Was das aber für einen Eindruck auf Hedwig machen würde?" fragte Stropp.

„Mein Gott," erwiderte Scheppkes. „Ich wünsche ihn nicht, den Tag zu erleben. Der Mensch übersteht aber viel und am Ende wird sie sich trösten, wie Andere."

„Da haben Sie Recht," gab Stropp zur Antwort. „Hedwig wird sich trösten, wie alle Andern."

Sie traten in's Haus.

Indessen hatte das ganze Gesinde der Bergmühle das Verhör auf der Bezirkshauptmannschaft bestanden.

Auch Hedwig war wieder heimgekehrt. Die Behörde
hatte kein Resultat erreicht, sondern sich überzeugt,
daß alle Vorgeladenen über die geheimnißvolle Beher=
bergung des Flüchtlings in vollster Unwissenheit waren.

Erst nach dieser Zeugenvernehmung wurde Dubsky
in Begleitung eines Gensd'armen aus seiner Zelle in's
Amtszimmer vorgeführt, wo ihn Herr von Rack, auf
dem Divan sitzend, und der jugendliche Aktuar Auwald
mit der Feder in der Hand am Schreibpult erwarteten.

Als Dubsky eingetreten war, entfernte sich der
Gensd'arm auf einen leisen Wink seines Chefs, wäh=
rend Auwald sein Gesicht ängstlich abwandte und das
Geschick bitter fühlte, an der wahrscheinlichen Ver=
urtheilung des Bergmüllers, auf dessen schöne Tochter
er seit lange heimlich ein Auge geworfen, mitarbeiten
zu müssen.

„Auwald," sprach von Rack in finsterer Amtsmiene
und in dem gemüthlosen Tone, welcher ihm eigen
war, wenn er zu Gericht saß, und der im schärfsten
Gegensatz zu der Liebenswürdigkeit vor Excellenzen
und Comtessen stand. „Lesen Sie dem Bergmüller
Dubsky von Kraßnitz das Protokoll vor!"

Auwald griff nach einem Bündel von Akten, indem

er sich räusperte, um seiner versagenden Stimme beim
Vorlesen einen einigermaßen männlichen Klang zu ver-
leihen, worauf er mit äußerster Anstrengung seiner
Pflicht nachkam.

Das Protokoll enthielt das Ergebniß der gestrigen
Haussuchung, deren wesentlichen Inhalt wir, wie er
vom Bezirkshauptmann selbst in der Soirée beim
Grafen von Thieboldsegg mitgetheilt worden, bereits
kennen.

„Ich fordere Sie nun auf," richtete Herr von
Rack mit einer, freundliche Milde glücklich nachahmen-
den Stimme, das Wort an den Inquisiten, um durch
den einschmeichelnden Ton ein rascheres Geständniß
hervorzulocken, „ich fordere Sie nun auf, die Wahrheit, die volle Wahrheit ohne Umschweife auf die an
Sie gestellten Fragen zu sagen. Wie Ihnen aus dem
eben verlesenen Protokoll ersichtlich sein wird, liegt
durch die Auffindung der bezeichneten Gegenstände in
dem Kämmerchen des oberen Stockwerkes in der Bergmühle Ihrem Anklagezustande ein fester, objektiver
Thatbestand zu Grunde, wiewohl die in Frage stehende,
von Ihnen, dem stärksten Anschein nach, wissentlich
beherbergte Person zur Stunde noch nicht ermittelt

und verhaftet ift. Laffen Sie fich durch den letzteren Umftand nicht zu Ausflüchten verleiten, denn die vor= gefundenen Gegenftände, fämmtlich wichtige, Sie tief gravirende Indicien, fubftituiren vor der Hand ge= wiffermaßen das fragliche Individuum, welchem fie angehört haben. Ich fordere Sie daher auf, frei und offen, wie es einem Manne von wahrer Ehre geziemt, auszufagen, wer das Individuum ift und aus welchem Grunde Sie fich bewogen gefühlt haben, daffelbe vor den öffentlichen Sicherheits=Organen zu verheimlichen, refpektive zu beherbergen."

Dubsky, deffen leicht aufflammendes Naturell in große Aufregung gerathen war, beftand fichtlich einen inneren Kampf mit fich, ehe er ruhig aber mit fefter Stimme erwiderte:

„Ich bin aufgefordert, frei und offen zu reden, davon würde ich Gebrauch machen, felbft wenn es mir verboten wäre."

Herr von Rack zuckte mit den Augen und kniff die Lippen zufammen, denn nach diefem Anfange glaubte er fich auf eine für eine Amtsftube rebellifch klingende Sprache gefaßt machen zu müffen.

„Ich weiß nicht," fuhr Dubsky, die Miene des

Bezirkshauptmanns wohl bemerkend, unerschüttert fort,
„wer dem Gerichte den guten Rath gegeben, bei mir
eine Haussuchung vorzunehmen; ich weiß nicht, wer
die in dem Kämmerchen aufgefundenen Gegenstände
dort zurückgelassen, und ebenso wenig habe ich den
Scharfsinn, zu sagen, wer in dem, wie das Protokoll
sich ausdrückt, frisch aufgewühlten Bette gelegen habe.
Da die ungarische Rebellion seit einem vollen Jahre
unterdrückt ist, so können die fraglichen Dinge, der
Brief von Dembinsky, die Kossuthnoten und alles
Uebrige wohl schon ein ganzes Jahr in einer wenig
besuchten Kammer meiner Mühle gelegen haben, ohne
daß ich oder einer meiner Untergebenen dieselben be=
merkt oder deren Gefährlichkeit verstanden hätte. Bei
mir haben seit einem Jahre allerdings viele Menschen,
die um ein Nachtlager gebeten, übernachtet und man
wird sich hierorts erinnern, daß ich zahlreiche Anmel=
dungen durch meine Leute gemacht habe, wobei die
Legitimationen oder Wanderbücher vorschriftmäßig vor=
gelegt worden sind. Die Behörde hat dieselben geprüft
und niemals eine derselben beanstandet. Wäre es
denn unmöglich, daß einer der Reisepässe erschlichen
und die Behörde damit getäuscht worden wäre? —

Könnte es nicht vorgekommen sein, daß Jemand, den
die Polizei selbst unter meinem Dache ließ, die aufge=
fundenen Gegenstände zurückgelassen hätte, weil er
dieselben weiter zu bringen für unnütz oder gefährlich
gehalte**t**? Hier ist also meine Antwort auf Ihre
Frage, Herr Bezirkshauptmann, und ich weise somit
alle Verantwortung von mir ab. Ich weiß nichts von
Allem, was Sie mir zur Last legen, und wenn Je=
manden eine Schuld trifft, so ist's meine Dienstmagd,
die verdient einen rechten Wischer, daß sie vermuthlich
seit längerer Zeit in dem oberen Kämmerchen nicht
aufgeräumt hat."

Herr von Rack, der während dieser Rede eine hohe
Probe von Mäßigung an den Tag gelegt und seinem
Aerger über manche anstößige Aeußerung nur durch
Augenzwinkern oder durch flüchtiges Berühren seiner
schwarzglänzenden Perrücke Luft gemacht hatte, sagte
hierauf:

„Sie haben nicht nach bestem Wissen und Gewissen
gesprochen. Ich hätte erwartet, daß Sie mir die
Mühe ersparen, Sie durch weitere Beweise in die
Enge zu treiben. Es war mir leicht, Ihnen in die
Rede zu fallen und handgreifliche Unrichtigkeiten nach=

zuweisen, aber ich ließ Sie zu Ende kommen und stieß mich auch nicht an Ihrer Sprache, welche nur zu oft bis an die Grenze des Unziemlichen und mit der Würde meines Amtes Unverträglichen streifte. Sie sehen, daß unser sogenanntes altes und heimliches Gerichtsverfahren eine gleiche Freiheit der Vertheidigung gestattet, wie die Schwurgerichte, für deren Einführung Sie so viel geschwärmt haben. Das nebenbei, ich komme zur Sache. Nicht wahr, seit mehr als vierzehn Tagen hat kein Fremder mehr in der Bergmühle übernachtet?"

„Ich glaube," erwiderte Dubsky, „daß es so lange her ist."

„Gut," sprach Herr von Rack. „Wie erklären Sie also, daß man in den letzten drei Tagen in dem in Rede stehenden Kämmerchen des oberen Stockwerkes bis in die tiefe Nacht Licht gesehen hat?"

„Das kann ich nicht erklären," gab Dubsky zur Antwort. „Es geschieht, wenn man zwanzig Leute im Hause hat, Mancherlei, was man nicht sieht oder was man nicht dulden würde."

„Wie kommt es," fragte von Rack weiter, „daß gestern Abend unmittelbar nach der Haussuchung ein Unbekannter im Walde, besser gesagt, im Park des

Grafen von Thieboldsegg von mehreren Personen ge=
sehen wurde, welcher, wie die frischen Fußspuren an
den feuchten Uferstellen des Teiches zeigen, seinen Weg
von der Bergmühle genommen?"

„Der braucht nicht eben von mir hinaufgekommen
zu sein," erwiderte Dubsky. „Die Fahrstraße geht
doch oberhalb der Mühle am Schlosse direkt vorüber."

„Sie könnten Recht haben," fuhr von Rack fort,
„aber wir haben bei Ihnen ein paar alte Stiefel ge=
funden, welche Niemandem in Ihrem Hause gehören,
noch irgend Jemandem an den Fuß passen und welche
unser Schuhmachermeister auf gerichtliches Befragen
für kein böhmisches, sondern ein ausgemacht fremdes,
vermuthlich ungarisches Fabrikat erklärt. Wenn nun
diese alten Stiefel in die Fußstapfen am Teiche voll=
kommen, ja scharf passen, sollte dann der Schluß zu
keck sein, den ich daraus ziehe, daß dort dasselbe In=
dividuum gegangen, welches diese Stiefel in dem Käm=
merchen zurückgelassen?"

„Das mag höchst scharfsinnig gedacht sein," erwi=
derte Dubsky, „da aber Niemand einen Fremden in
meinem Hause gesehen, so kann es doch nicht stichhaltig

fein. Die Stiefel find da, das ift wahr, aber ich
frage, wo ift der Menfch?"

„Die Stiefel können doch nicht durch's Fenfter in die
Kammer hineingeflogen fein!" fchrie der Bezirkshaupt=
mann barfch auf, faßte fich aber fchnell wieder und
fprach mit neugefammelter Engelsgebuld weiter:

„Mit einem Worte, Sie werfen fich auf das Läug=
nen. Sie läugnen, räumen aber keines der zur Laft
gelegten Dinge hinweg. Wie ich fehe, find Sie nicht
der Mann, der bei weiterem Hin= und Herfprechen
die traurige Vertheidigungsmethode aufgibt, welche
zwar den Richter peinigen, aber die Anklage nicht auf=
heben kann."

„Ich weiß von der Sache nichts," fagte Dubsky
energifch, während er mit dem Tafchentuch über fein
hochrothes, mit Schweißperlen bedecktes Geficht hinfuhr.

„Ich weiß, daß Sie dabei ftehen bleiben," erwi=
derte Herr von Rack, indem er das Protokoll, welches
Auwald niedergefchrieben, in die Hand nahm und mit
rafchem Blicke überflog.

„Wir werden fchwerlich," fagte er dann, zu Dubsky
gewendet, „des Weiteren viel miteinander zu verhan=
deln haben. Ich mache Sie dennoch aber auf die

Folgen aufmerksam, welchen Sie sich durch die befolgte
Taktik aussetzen. Kein Mensch, der seine fünf Sinne
beisammen hat, wird bei dem vorliegenden Thatbestande
annehmen, daß sich das in Rede stehende Individuum
nicht in Ihrem Hause aufgehalten, und daß Sie von
dessen Aufenthalt nichts gewußt haben. Es wird
Jedermann sogar einleuchten, daß Sie die fragliche
Person ganz besonders unter Ihre eigene Obhut ge=
stellt und sogar die Mitwissenschaft Ihrer eigenen
Hausleute verhindert haben. Bei so bewandten Um=
ständen ist eine zweifache Auffassung möglich. Ent=
weder Sie haben den Menschen, ohne dessen politische
Straffälligkeit gekannt zu haben, aus einer nicht weiter
denkenden Gutmüthigkeit bei sich aufgenommen und
dadurch die Vorschriften der Fremdenpolizei überschrit=
ten, oder Sie haben, was bei Ihrem Vertheidigungs=
system wahrscheinlich ist, den vollen Umfang der auf
Sie fallenden Verantwortung eingesehen, derselben
aber mit kluger Vorsicht auszuweichen geglaubt. Ist
das Erstere der Fall, so sind Sie sehr leichtsinnig ge=
wesen, ist das Letztere der Fall, dann haben Sie aus
Opposition gegen die Regierung und Sympathie mit
der Partei des Umsturzes einem flüchtigen Rebellen

Vorschub geleistet und damit einer der Bestimmungen
unseres Strafgesetzbuches über Hochverrath wissentlich
entgegen gehandelt. Auf den ersten Fall der Unkennt-
niß des fraglichen Individuums ist bei unseren väterlich milden Gesetzen eine unerhebliche Strafe gesetzt
und ich hätte dieselbe in Rücksicht auf ein freies Geständniß auf das Minimum herabgedrückt. Im zwei-
ten Falle aber — der liegt vor, liegt er nicht vor, ist
es nicht meine Sache, die Ermittlung durchzuführen —
bin ich nicht competent. Ich habe dann nur die Vor-
untersuchung zu leiten und die Akten an's Kriegsgericht
einzusenden. Hiermit habe ich Ihnen die Sache ausein-
andergesetzt und Sie müssen sagen, daß Ihr eigener
Advokat Ihnen keine lichtvollere und besser gemeinte
Darstellung der gerichtlichen Consequenzen zu geben
vermöchte —"

Dubsky's Gesicht nahm plötzlich einen Ausdruck
an, in welchem sich große Ueberraschung mit Schrecken
mischte.

„An's Kriegsgericht?" sagte er dann. „Und wie
viel Monate der schrecklichsten Haft erwarten mich?
Und wie viel meiner Leute werden eingezogen werden
müssen?"

„Sie wollen es nicht anders," erwiderte von Rack achselzuckend.

„Ich werde Monate in der Untersuchung zubringen," sprach Dubsky, das ganze Gewicht des Gedankens fühlend, „ob schuldig oder unschuldig, die lange Haft bleibt im besten Falle nicht aus."

„Ihr eigenes Verschulden —" warf Herr von Rack, der aus der Niedergeschlagenheit des Bergmüllers Nutzen zu ziehen hoffte, scheinbar ganz gleichgültig hin.

„Daß es so mit mir steht," sprach Dubsky, „das hätte ich denn doch nicht gedacht!"

Herr von Rack las leise brummend ein Blatt, wie wenn er gar nicht zuhörte, während Auwald wie ein Mitangeklagter dastand und, so oft ihn ein Blick des Bergmüllers traf, sich einen Abgrund zu seinen Füßen wünschte, in welchen er versinken könnte. Dubsky's Niedergeschlagenheit und Kleinmuth war von kurzer Dauer. Seine derbe, heftige, im besten Sinne des Wortes mannhafte Natur brach sich mit Ungestüm Bahn.

„Das hätte ich nicht gedacht," rief er entschieden, „daß es ein so großes Verbrechen ist, einen Menschen,

ben die Kugel oder der Strick erwartet, zu retten!
Ja," fuhr er im höchsten Affekt fort, „es ist wahr,
ich habe mich eines Verfolgten, eines Unglücklichen
erbarmt, ich habe ihn fünf Tage lang beschützt, ich
hätte ihm die Mittel zur ferneren Flucht gegeben,
und rechne es mir zur Ehre an! Ich bereue nichts,
da ich ohne jeden Mitschuldigen bin, ich bedauere nur,
daß ich nicht schon heute den Lumpen, welcher meinen
Spion gemacht, bei den Ohren habe, um sie ihm
herauszureißen!"

„Lieber Dubsky," sprach von Rack, der beim Be-
ginn des Geständnisses sogleich aufgesprungen und
dabei dem jungen Aktuar ein heimliches Zeichen, rasch
zu protokolliren, gegeben, mit der liebenswürdigsten
Miene, „jetzt sind wir auf dem besten Wege, uns zu
verständigen, und Sie werden die Erfahrung machen,
daß Offenheit, zu welcher ich Sie gleich anfangs aufgefordert, Ihre beste Vertheidigungswaffe werden wird.
Ich nehme Ihnen ihre bisherige Taktik nicht übel.
Jeder will sich seiner Haut wehren, aber in allen
Straffällen wird muthiges Bekennen den Richter am
sichersten gewinnen. Ich ersuche Sie daher, fortzu-

fahren und des Näheren anzugeben, wer der Mensch sei, woher und wohin er sich gewendet — —"

„Herr Gott," rief Dubsky mit eben so viel Ueberraschung als Entrüstung, „bin ich denn im Nu ein altes Weib geworden? Soll ich Einen, den ich gestern gerettet, heute verrathen? War das Asyl, das ich dem Flüchtigen geöffnet, eine Polizei-Wachtstube, in welche ich ihn eingelassen, um seinen Steckbrief anzufertigen? Wäre nicht der Spion, welcher mich in diesen Prozeß gestürzt, ein Ehrenmann im Vergleich mit mir? Ich sollte ihn verrathen? — Nein, und wenn es die ganze Bergmühle kostet und meinen Hals dazu!"

Dieser Ausbruch kam dem Bezirkshauptmann so unerwartet, daß er wie in den Wellen dieser kräftig vorgebrachten, affektvollen Worte fassungslos auf- und niedergeschaukelt wurde.

„Sie sind aufgeregt," sprach er nach einer kleinen Pause gemessen, in seinem vorigen Vertrauen auf's Aergste · getäuscht. „Es geschieht zu Ihrem Besten, wenn ich heute abbreche."

Er schellte. Der Gensb'arm trat ein und führte den Bergmüller ab.

„Ich glaube gar," sprach von Rack, Auwalds Ge=
sicht fixirend, „Sie sind ergriffen?"

„Entschuldigen Sie," stotterte Auwald erröthend,
„einem Neulinge ist Mancherlei neu — ich habe bis
heute viel zu viel in der Familie gelebt — aber —
es wird sich schon machen!"

———————

Neuntes Kapitel.

Worin der Gaſt im unbewohnten Schloßflügel auftritt.

Während unſer wackerer Müller Dubsky in feſter Haft ſaß und dem traurigſten Schickſal entgegenſehen mußte, hatte der Flüchtling in dem hocharistokratiſchen Schloſſe eine Freiſtätte gefunden, welche der Gens-d'armerie Unnahbar, beinahe geheiligt war. Gleichwie er aber über die Familie Dubsky trübe Tage gebracht, hatte er auch ſeinen jugendlichen Beſchützerinnen nicht geringe Verlegenheiten bereitet. War man auch ſchon über die Beſorgniß hinaus, daß man in ihm einen vielleicht im gewöhnlichen Sinne gemeinſchäd-lichen Geſellen beherberge, ſo waren wieder Bedenken anderer Art aufgetaucht, auf welche man anfangs nicht gefaßt war, wie nahe dieſelben auch lagen.

Man hatte sich nämlich nicht gleich klar gemacht, als man dem Verfolgten das Asyl öffnete, daß man damit die förmliche Pflicht übernehme, ihn auch in eine definitive Sicherheit, die nicht einmal jenseits der Grenzen, sondern erst in der Schweiz zu finden war, zu bringen, nicht nur aus dem Grunde, weil die rettende That unvollkommen und halb gethan wäre, sondern weil die Beschützerinnen selbst dann noch compromittirt werden konnten, wenn der Flüchtling in jeder beliebigen Entfernung ergriffen würde.

Stundenlang waren Frau Haffenfeld, Cornelia und der alte Koß beisammen gestanden, um die gewünschte Lösung der schwierigen Frage zu Wege zu bringen. Natürlich fiel die ganze Last der Berathung auf Frau Haffenfeld, welche die entschiedenste und weltkundigste unter den Dreien war. Das Schloßfräulein war in dieser Angelegenheit ohne jede selbstständige Meinung, wiewohl unendlich geneigt für die Ausführung eines guten zweckdienlichen Rathes jedes Opfer zu bringen; der alte Koß hingegen, war in der Auffindung von Auswegen und Rettungsvorschlägen höchst unproduktiv, wahrhaft unerschöpflich aber in Er- und Auffindung bedenklicher Einwürfe, so oft ein Vorschlag zur Sprache

gekommen war. Diesem alten Lakaien, der sonst der
bravste, zuverlässigste Mann war, schwanden zuweilen
die Sinne, wenn er sich in eine Geschichte verwickelt
sah, in welcher er auf einer Seite förmlich gegen die
hohe Regierung conspirirte, um einen ihrer Feinde
am Leben zu erhalten, auf der andern gegen die be=
kannten Grundsätze seines Brodherrn sündigte und
diese Schuld im Complott mit dessen Tochter in's
Werk setzte.

Und wer war dieser bis dahin allen Dreien wild=
fremde Mensch, welcher sich ihnen eines Abends in
der Mitte des Weges vom Schlosse zur Einsiedler=
klause Hülfe anrufend entgegengeworfen, um so end=
lose, mit Verantwortungen verbundene Sorgen zu
verdienen? War es nicht natürlich, begreiflich, ver=
zeihlich, daß alle Drei ohne Ausnahme zuweilen, wenn
auch nur momentan, von einem Gefühle befallen
wurden, das bis zur Reue hinanreichte? Welche
Consequenzen waren hingenommen worden, weil das
erschreckte, zarte Frauenherz flüchtig höher schlug und
über jede kleinliche Bedachtnahme hinweg fremde
Lebensgefahr mitempfand und vor einer andern ent=

gegengeſetzten Reue, vor dem eigenen Vorwurfe der
Lieblofigkeit zitterte!

Jene damalige Nacht hatte in dem wellenlos heiter
dahinfließenden Leben Cornelia's nicht ihres Gleichen.
Tief aufgewühlte Empfindungen, die ganze Verwirrung
in einer neuen und zugleich kritiſchen Lage, das erſte
Bewußtſein einer heimlichen und vielleicht folgenſchweren
Handlung in einem offen daliegenden jungfräulichen
Gemüthe blieben auch am nächſten Morgen und den
ganzen folgenden Tag auf dem blaß herabgeſtimmten
Incarnat ihres edlen Geſichts und den nervös ge=
ſpannten Mienenzügen verzeichnet.

Dieſe innere Unruhe legte ſich zwar einigermaßen,
als Frau Haſſenfeld das dem Flüchtling angewieſene
Verſteck in dem unbewohnten alten Schloßflügel be=
ſucht und den räthſelhaften Unbekannten geſprochen
hatte. Wenn auch durchaus nicht anzunehmen war,
daß ſeine Angaben über ſeine Herkunft thatſächlich
richtig ſeien, ſo hatte man doch die Gewißheit ge=
wonnen, daß ſeine Zurückhaltung in den exceptionellen
Verhältniſſen ſelbſt begründet war und keinen ſeinen
Retterinnen nachtheiligen Trug zur Quelle hatte.
Daß er unter Anderem entſchieden in Abrede ſtellte,

je im Leben den seinetwegen in Unterfuchung gezoge=
nen Bergmüller gesehen und deffen Gaftfreundfchaft
genoffen zu haben, war eher geeignet zu Gunften des
Befchützten einzunehmen, wie denn auch feine ganze
Perfönlichkeit, mit allen Sympathieen, welche Jugend
einflößt, ausgeftattet, einen gebildeten, von edlen Ge=
finnungen befeelten Mann ankündigte, wofern nicht
alle Menfchenkenntniß eine leere Täufchung war.

Dazu floß noch eine große Beruhigung aus dem
Ereigniffe, deffen Schauplatz die Bergmühle gewefen.
Durch Herrn von Rack, der allabendlich zu Befuch
kam, in alle Details der fchwebenden Unterfuchung
eingeweiht, konnten die beiden Frauen mit Richtigkeit
den Schluß machen, daß Dubsky, ein höchft achtbarer
Mann, fich keines Unwürdigen angenommen. Sie
mußten vermuthen, daß der Müller den Flüchtling
fogar näher kenne, da er ihn felbft vor Gericht nicht
zu fchützen aufgehört und feine Fürforge fogar bis
zur Selbftaufopferung getrieben hatte.

Das war die rein innere Seite der Angelegenheit,
deren befriedigende Geftaltung aber keine der Schwie=
rigkeiten zu ebnen vermochte, welche der endgültigen
Löfung, den Flüchtling in Sicherheit zu bringen, ent=

gegenstanden. Gerade durch die allmählig empor=
keimende Ueberzeugung, daß man einen aus dem
großen Haufen hervorragenden Menschen vor sich
habe, erhöhte sich die Aufgabe und die angstvolle
Pflicht, das einmal übernommene Werk nicht halb,
sondern voll und ganz zu thun.

Wie aber sollte dies geschehen? Ein Entschluß
war kaum mehr zu verschieben, denn bei der Menge
der Gäste war der Flüchtling selbst in dem unbe=
wohnten Theile des Schlosses vor einer Ueberraschung
nicht sicher. Dort lag der Kaisersaal, so genannt,
seitdem der römische Kaiser Karl VI. ein Mittags=
mahl daselbst eingenommen, und an diesen stieß eine
ganze Reihe von Cabinetten im Rococogeschmack,
welche besonders für Damen viel Anziehungskraft
hatten. Wäre ein Aufschub nicht gefährlich gewesen,
so hätte die Fortschaffung des heimlichen Gastes die
Hälfte ihrer Schwierigkeit verloren. Im gegenwärti=
gen Augenblicke aber waren die Augen aller Behörden
der ganzen Umgegend wach, weil man dem ganzen
Hergange nach gewiß war, daß der Verfolgte in dem
allernächsten Reviere sich noch immer versteckt halten
müsse.

Cornelia war aus der Sonntagsmesse auf ihr
Zimmer gekommen, als Frau Haffenfeld bei ihr eintrat.

„Haben Sie," war Cornelia's erstes Wort, „keinen
Plan über Nacht ausgesonnen?"

„Da ist guter Rath theuer," erwiderte Frau Haffen=
feld. „Doch beffer, wir warten noch einige Tage,
wie schwer es gehen mag, als daß wir eine Ueber=
eilung begehen."

„Es ist eine fatale Geschichte!" rief Cornelia.
„Tag und Nacht, überall wird man von ihr verfolgt.
Nicht einmal in der Kirche habe ich Ruhe gehabt.
Meine Augen waren auf Hedwig, die vor einem
Seitenaltar kniete, wie geheftet. Das arme Mädchen
scheint durch das Schicksal ihres Vaters schrecklich be=
troffen worden zu sein. Unbeweglich, den Kopf tief
auf die zusammengelegten Hände gestützt, glich sie eher
einer Bildsäule als einem lebenden Wesen. Ein Bauer
hatte gegen das Ende der Messe aus Unachtsamkeit
mit seinem Hute das Glas eines Heiligenbildes ein=
gedrückt. Aller Augen fuhren hin, nur Hedwig, hinter
welcher es unmittelbar geschehen, sah sich nicht um,
rührte sich nicht. Wie sie leidet, sagte ich zu mir,

und doch hat sie nur, wie ihr Vater, wie ich — wie wir, mit Jemandem Erbarmen gehabt!"

„Sie hat Niemanden, als ihren Vater," sprach Frau Haffenfeld. „Und glauben Sie, daß der Berg= müller, wenn es noch so glücklich geht, vor einigen Monaten aus der Untersuchung herauskommt?"

„Was Sie sagen!" rief Cornelia schrecklich über= rascht. „So lange sollte es dauern?"

Sie wurden von Koß, der eben eintrat, unter= brochen. Er machte ein äußerst trübes Gesicht.

„Was giebt's denn wieder?" fragte Frau Haffenfeld.

„Das ist ein recht toller Mensch!" gab Koß zur Antwort. „Als ich ihm heute das Frühstück bringe, trägt er mir auf, der Dame, welche ihn schon einmal besucht hat, zu sagen, er wünsche sie im Laufe des Tages noch zu sprechen, denn er habe die Absicht, sobald es Nacht würde, seine Weiterreise anzutreten."

„Wie will er das thun?" riefen beide Damen überrascht.

„Das sagte er nicht," erwiderte Koß. „Ich habe ihm aber gleich erwidert, daß er froh sein könne, daß wir ihm hier Unterkunft geben, und auf jeden Fall bleiben, so lange wir selbst ihm nicht die Wohnung fündigen. Ich hab's ihm rund heraus gesagt, er sei ein Rappelkopf, der den Bergmüller in's Unglück gestürzt und nun durch seine Voreiligkeit auch seinen neuen Gönnerinnen Unheil bereiten wolle."

„Was treibt ihn?" rief Frau Hassenfeld höchst verwundert.

„Sie sollten gleich hinaufgehen," sagte Cornelia haftig, „und ihn sprechen!"

„Dann hat er noch gesagt," fuhr Roß auf's Neue fort, „und das war der Hauptunfinn, er wünschte das junge Fräulein zu sehen, das an seiner Rettung Theil hat. Er möchte ihr zum Abschied seinen Dank sagen."

„Weiß er, wer ich bin?" rief Cornelia zusammenzuckend und erbleichend.

„Keinesfalls," erwiderte Roß, „sonst würde er das doch nicht so mir Nichts dir Nichts gewagt haben. Darauf habe ich zu ihm gesagt, daß das ein ganz verrückter Gedanke sei, an den er nicht weiter denken solle."

„Das war aber eben nicht das Gescheidteste," fiel Frau Hassenfeld ein, „was Sie erwidern konnten. Gerade diese Antwort kann ihn bei einigem Scharfsinn auf die Spur bringen. Sie konnten ruhig sagen:

das Mädchen ist gestern verreist, oder es ist die Ver=
walterstochter unseres Grafen und ist mit ihrem Vater
auf einen Meierhof gefahren. Das wäre besser ge=
wesen."

„Mein Gott!" rief Koß ganz wild, „jetzt soll ich
noch die Schuld haben, wenn es herauskommt, daß
die gnädige Comtesse dabei gewesen ist! Das Lügen
habe ich nicht studirt, und es ist schon Schurkerei ge=
nug, daß ich in meinen alten Tagen hinter dem Rücken
meines gnädigsten Herrn mit operiren muß!" Er jagte
zur Thür hinaus.

„Ich will gleich hinaufgehen und ihm den Marsch
machen!" sagte Frau Haffenfeld ernst und gedanken=
voll. „Das wäre die schrecklichste Ueberstürzung, ihm
und uns verderblich!" Sie war bei den Worten rasch
an die Thür getreten.

„O gewiß," erwiderte Cornelia mit besorgten
Mienen, „Sie müssen es ihm um jeden Preis aus=
reden. Er muß warten!"

Mit mehrmaligem Kopfnicken die vollkommenste
Uebereinstimmung ausdrückend, eilte Frau Haffenfeld
hinaus. Zu dem Asyl des Flüchtlings in den unbe=
wohnten, alterthümlich erhaltenen Schloßflügel führten

zwei verschiedene, weit auseinander gelegene Wege, der
eine über eine Wendeltreppe, der andere über eine
breite steinerne Stiege. Beide waren durch Thüren
abgeschlossen, welche nur bei höchst seltenen Gelegen=
heiten geöffnet wurden. Zu der Wendeltreppe war
leicht und unbemerkt zu gelangen und auf diesem
Wege hatte man den Flüchtling hinaufgebracht. Von
dieser Seite aus hatte er den ersten Besuch der Frau
Haffenfeld erhalten und war schon gewohnt, den alten
Koß von dort kommen zu sehen, wenn dieser, was
dreimal des Tages geschah, die nöthigen Lebensmittel
hinaufschaffte. Frau Haffenfeld huschte die Wendel=
treppe rasch hinauf und gelangte an die sogenannten
chinesischen Cabinette, die den Namen von den bizarren
Wandgemälden trugen und deren letztes den Flüchtling
beherbergte.

Dieser stand erwartungsvoll und wie auf der
Lauer in der Mitte des Zimmers, als Frau Haffen=
feld rasch die Thür öffnete, und erst als er sie als eine
seiner Retterinnen erkannt hatte, lächelte er ihr mit
freundlichen Mienen entgegen.

Es war ein junger Mann von etwa sechs bis
sieben und zwanzig Jahren von einer hohen, mageren,

aber ſtark gebauten Geſtalt, deren gefälliger, in die
Augen ſpringender Adel durch den allereinfachſten,
ziemlich abgebrauchten Anzug nicht zu entſtellen war.
Sein männlich ſchönes Geſicht ſchien durch das
ſchwarze Kopfhaar, die dunkelglühenden Augen und
das auf der Oberlippe ſich kräuſelnde Schnurrbärt-
chen noch bläſſer, als es war. Auf der hochgewölb-
ten, klaren Stirne und um die ſchöngeformten geiſt-
ſprühenden Augen herum lag Nachdenken ausgeprägt,
und ein Ernſt, welcher durch die feinen Züge um den
Mund, das ſchöngebildete Kinn und die ſanftgebogene,
ziemlich ſtolz vortretende Naſe hervorgehoben und zugleich gemildert wurde. Die Energie, welche der
ganze Kopf verrieth, verlor durch die Beimiſchung
eines ſchwärmeriſchen Anhauches Nichts von ihrem
Ausdruck, ſondern gewann an poetiſchem Intereſſe.
Dieſer gewinnende, den Mann von Bildung ver-
rathende Eindruck war zunächſt der von der Natur
verliehene Empfehlungsbrief, welcher die beiden Damen unbewußt bewogen hatte, dem Zuge ihres Mit-
leids ohne Zaudern zu folgen.

Als Frau Haſſenfeld eingetreten war und ſich auf
den an der Wand hinlaufenden, gepolſterten Sitz hin-

geworfen hatte, um Athem zu schöpfen, fiel ihr das
so überaus interessante Aussehen ihres Schützlings
eigentlich zum ersten Male vollkommen klar in die
Augen, denn im Parke hatte sie ihn nur wie im
Traume, einer genauen Beobachtung nicht fähig, und
bei ihrem letzten Besuche kurz vor einbrechender Nacht
im täuschenden Zwielicht gesehen. Ihr Vorsatz, ihm,
wie sie sich's vorgenommen, eine scharfe Zurechtweisung
wegen seines überstürzten Entschlusses zu ertheilen,
schmolz plötzlich tief hinab und sie sann nach, wie
ihre Absicht im Einklange mit der eine gewisse Achtung
fordernden Persönlichkeit des Fremdlings zu erreichen sei.

„Ich bin sehr erfreut, daß Sie kommen," redete
sie der Flüchtling mit klangvoller Stimme an. „Roß
wird Ihnen gesagt haben, daß ich reisefertig bin?"

„Wir haben es mit Schrecken vernommen!" rief
Frau Hassenfeld. „Sind Sie denn bei uns so schlecht
aufgenommen worden, daß Sie ohne Rücksicht auf alle
Gefahren aufbrechen wollen?"

„Wie undankbar wäre ich," erwiederte der Flücht=
ling, „wenn die Erinnerung an die zwei jugendlichen
Damen, die so viel Muth und so viel Hochherzigkeit
gezeigt, je in meinem Herzen erlöschen könnte! Sie

haben mich nicht allein aus den Fesseln befreit, und
mich unter Ihre schützenden Fittiche genommen, son=
dern auch meinen Glauben an die Menschen, der
durch tausend Beispiele von Schwäche, Selbstsucht
und Abfall arg erschüttert war, neu befestigt. Mit
Worten vermag ich Ihnen nicht zu danken, aber es
werden, wenn mir ein längeres Leben beschieden ist,
Zeiten wiederkommen, wo ich besser in der Lage sein
werde, den mir ewig denkwürdigen Aufenthalt in die=
sem Schlosse anzuerkennen. Sie haben für mich Alles
gethan, es ist nicht möglich, durch weiteren Aufschub
mehr für mich zu thun. Ich aber muß daran denken,
Sie einer gefährlichen Last zu entheben und darf unter
diesem gastlichen Dache nicht vergessen, daß ich noch
weiter muß, wie wenn ich der ewige Jude wäre!"

„Sie sind sehr rücksichtsvoll," versetzte Frau Has=
senfeld, „aber es frägt sich, ob es schon an der Zeit
sei, uns, wie Sie sich ausgedrückt haben, der gefähr=
lichen Last zu entheben. Durch den Prozeß des Berg=
müllers sind alle Gerichte wach und die umliegenden
Straßen müssen äußerst unsicher sein. Wollen Sie
aus Ungeduld Alles auf's Spiel setzen und uns in
eine peinliche Verantwortung stürzen?"

Nachdenklich warf der Flüchtling seine Blicke zu
Boden und sagte, die Augen zu der vor ihm sitzenden
Frau wieder erhebend, mit unzweideutigem Antheil,
wie einfach auch die Worte klingen sollten:

„Was vernimmt man über den Gang der Unter=
suchung gegen diesen Bergmüller?"

„Entschieden ist noch Nichts," erwiederte Frau
Haffenfeld, „welches Ende es aber auch nimmt, der
Bergmüller wird nicht leichten Kaufs davonkommen."

„Was Sie da sagen!" rief der Flüchtling, sich
über die Stirn fahrend. „Was kann man gegen ihn
haben! Ich war nicht unter seinem Dache, ich kenne
ihn nicht, er kennt mich nicht! Im Lande der Will=
kür sind eben die Hallucinationen des Verdachtes ein
strafbarer Thatbestand und der Schein gilt als Beweis!"

„Doch nicht!" entgegnete Frau Haffenfeld. „Der
Bergmüller hat offen erklärt, daß er einem Flüchtigen
Unterkunft gegeben, weigert sich aber ihn näher zu
bezeichnen, wie man es von einem Ehrenmanne und
Feuerkopf, wie er Einer ist, erwarten kann."

„Ich war es nicht!" warf der Flüchtling hin, sich
abwendend. Eine kleine Pause trat ein, worauf er
sich lebhaft umkehrte und sagte:

„Wäre ich es, so frage ich Sie, was sich thun
ließe, den braven Mann nicht für mich leiden zu lassen?
Mein Auftreten stürzte ihn noch tiefer hinein. Ich
bin es aber nicht."

Er wandte sich wieder um.

Frau Haffenfeld, der der bewiesene Takt und die
ganze Wendung wohlgefiel, ließ sich nicht irre führen
und erwiederte ruhig, aber mit einem verschleierten
Vorwurf:

„Wir können nicht von Ihnen so viel Vertrauen
beanspruchen —"

„Weil Sie mir blos die Freiheit, das Leben ge=
rettet haben!" rief der Flüchtling mit einer gegen sich
selbst gekehrten Ironie. „Jedermann," fügte er dann
hinzu, „hat am Ende das Schicksal seiner politischen
Gesinnungen zu tragen! Doch, wir kommen von der
Hauptsache ab. Erklären Sie mir freundlichst näher,
welche Folgen ich auf Sie lade, wenn ich heute das
Asyl verlasse und noch in dieser Nacht von einem
bösen Genius ausgeliefert würde?"

„Sie fragen?" rief Frau Haffenfeld bestürzt.

„Sie werden zugeben," sprach der Flüchtling wei=
ter, „daß ich ungesehen und sicher den nahen Wald

erreichen kann. Dann bin ich frei — frei, wie das
sich dort tummelnde Wild im umhegten Revier —
ich bin zwar nicht sicher, mich bangt aber dann nur
um mich allein auf meinem einsamen Pfade, nicht
mehr um irgend einen meiner Schuldgenossen! Glau=
ben Sie denn, daß ich hier oben gar so sicher bin?
Ein Zufall kann schon morgen zur Entdeckung führen,
und ich müßte meine Flucht vielleicht unter den be=
denklichsten Aussichten antreten. Mir und Ihnen
stände ein böser Tag bevor. Lassen wir ihn nicht
kommen! Bleiben kann ich hier ohnehin nicht, warum
nicht heute thun, was bald doch geschehen muß?"

„Nur noch einige Tage!" rief Frau Hassenfeld
inständig.

„Die werden Nichts ändern," versetzte der Flücht=
ling kaltblütig. „Ich bin überzeugt, daß Sie mir im
Stillen zustimmen und nur dem raschen Entschlusse
ausweichen. Sie werden damit fertig werden, wie
ich es geworden bin. Ich sage Ihnen Lebewohl!"

Er ergriff ihre Hand und küßte sie, nachdem er
sie warm gedrückt hatte. Frau Hassenfeld, eine
nüchtern und praktisch denkende, aber warm fühlende
Frau, war eigenthümlich bewegt aufgesprungen.

„Sie mißverstehen mich," rief sie. „Ich fürchte nicht für uns, wir wollen Sie nicht preisgeben! Wir haben Sie halb gerettet, wir wollen Sie ganz retten! Ueberstürzen Sie Nichts!"

„Ihre Theilnahme rührt mich," erwiederte der Flüchtling ergriffen, „sie bürgt mir dafür, daß sich auf meinem weiteren Wege noch mitleidsvolle Herzen meiner annehmen werden! Sie sind eine edle Frau! Seit ich aber so tief in Sie geblickt, bereue ich hundertfach, daß ich gehen werde, ohne meine zweite Retterin wiedergesehen zu haben. Kann ich sie nicht mehr sehen?"

„Sie ist verreist," gab Frau Hassenfeld nach einer Pause leise zur Antwort.

„Ich sehe sie zwar," fuhr er fort, „und werde sie immer so sehen, wie sie, ein Sträußchen in einer Hand, den Strohhut in der andern, neben Ihnen am Teiche einhergeht, wie sie, als ich hervorstürze, erschrocken zurückfahrend, Ihren Arm faßt und mich anblickt! Wie sie mich anhört und ohne die Lippen zu bewegen, mir in der ersten Bewegung des Herzens mit ihren schönen Augen antwortet, welche zwar voll Bestürzung auf mich schauen, aber von einem edlen

Erbarmen leuchten, und dem Verlorenen in der tief=
sten Finsterniß einen Ausgang zeigen! Ich werde
dieser That ewig gedenken, aber es wird mir viel
kosten, die Erscheinung meiner Retterin zu vergessen!"

Seine Züge, welche, während er gesprochen, von
innerer Bewegung geleuchtet hatten, wurden, als er
geschlossen hatte und, die Hand an die Stirn legend,
durch das offene Fenster in's Blau des Himmels hin=
aufstarrte, von einem wehmüthigen Schatten bedeckt.

„Es thut mir leid," erwiederte Frau Hassenfeld,
die seinen Gedankenzug leicht errieth, „daß Sie das
Mädchen nicht sehen können. Sie ist mit ihrem
Vater auf längere Zeit verreist. Sie ist die Tochter
des gräflichen Verwalters —"

„Sie —" rief er mit einer Miene, die es zweifel=
haft ließ, ob er enttäuscht oder angenehm überrascht
war. „Ich hätte beinahe geglaubt —" Er brach ab.

„Was haben Sie geglaubt?" fragte Frau Hassen=
feld neugierig.

„Alberne Träumerei!" rief der Flüchtling. „Als
wäre Schönheit ein Privilegium eines höheren Stan=
des! Die Nähe des Schlosses, ich weiß selbst nicht
was, hat mich verführt. Die Erziehung der Com=

teffen erweitert nicht das Herz und lehrt nicht auf-
opferndes Eingreifen zum besten Anderer und ich
habe — o wie abſurd, wie abſurd!"

„Da haben Sie ſich freilich geirrt," ſagte Frau
Haſſenfeld mit erkünſteltem Lachen.

„Sie iſt eine einfache Bürgerstochter," fuhr der
Flüchtling fort, „wäre ſie es nicht, ſo könnte ich
ihren Beſitz dem Adel mißgönnen, ſo könnte ich, ſo
müßte ich —" er brach ab, eine ſeltſame Exaltation
hatte ſich ſeiner bemächtigt. Erſt nach einigem Nachdenken ſprach er maßvoller weiter:

„Wenn Sie mich anſehen — dieſen Rock — eine
Jacke auf heimlicher Flucht einem Jägerburſchen im
Walde eilig abgekauft — dieſe Weſte, mir von einem
braven Manne geſpendet, welcher ſicherlich keine über-
flüſſige im Leben beſeſſen hat und doch meinen Kauf-
anbot zurückwies — wenn Sie alles Uebrige anſehen,
was an mir hängt, reif für einen Tröbelmarkt —
bann können Sie mich, wenn Sie mich weiter hören,
für einen Narren halten! Und doch hat es ſchon mit
mir anders geſtanden, beſſer als mit Hunderttauſenden
von Sterblichen und wird wieder ſo ſtehen, wenn das
Glück mich nicht im Stiche läßt, das Glück, welches

13*

bis jetzt meine Rettungsversuche begleitet! Ich bin
— doch es ist unnütz — Sie werden noch von mir
hören und lebe ich nicht mehr, so ist Alles gesagt!
Ich hätte nicht geglaubt, daß ich aus dem politischen
Schiffbruch mehr als mein nacktes Leben in's Exil
mitnehmen werde, dennoch wird mich ein hohes Ge=
fühl in die Ferne begleiten und meine Sehnsucht
nach dem Vaterlande verdoppeln! Das herrliche
Mädchen bleibt in mein Herz gegraben und, da keine
Schranken des Ranges zwischen mir und ihr bestehen,
so bricht sich der Wunsch in mir mit allem Ungestüm
Bahn, eines Tages meine Retterin mein zu nennen!"

„Sie lassen sich von Ihrem Danke zu weit hin=
reißen," erwiederte Frau Haffenfeld mit Lachen, doch
auch verlegen. „Wenn der Druck aufhört, unter
welchem Sie das Gelöbniß machen, werden Sie
das, was ich und die Verwalterstochter für Sie ge=
than, kälter beurtheilen und richtiger schätzen."

„Niemals, niemals!" rief der Flüchtling.

„Uebrigens," fügte Frau Haffenfeld in der Absicht,
ihm jede Hoffnung abzuschneiden, hinzu, „ist das Mäd=
chen verlobt und wird in kurzer Zeit ihre Hochzeit
halten!"

Ueberrascht, ja bestürzt starrte der junge Mann Frau Hassenfeld an, ehe er, ihre Hand fassend, sagte: „Dann leben Sie beide wohl! Sagen Sie ihr nichts von diesem Gespräch — oder Alles, bis ich fort bin!"

Da alles Zureden, zu bleiben, vergebens gewesen, entfernte sich die freundliche Besucherin, so heimlich, wie sie gekommen.

———

Zehntes Kapitel.

Handelt von der Verwalterstochter.

Frau Haffenfeld hatte, als sie wieder zu Cornelia hinabgekommen war, die Unterredung mit dem Flücht= ling so getreu wiedererzählt, wie es nur das Gedächt= niß vermag. Der Heirathsantrag, welchen die ver= meintliche Verwalterstochter erhalten, mußte Heiterkeit erregen, und man hätte noch mehr gelacht, wenn im Uebrigen die ganze Situation nicht so grausam ernst ge= wesen wäre. Der durchweg günstige Eindruck, welchen das Aussehen, die Sprache und das ganze Benehmen des Fremdlings auf Frau Haffenfeld hervorgebracht, mußte bei der Mittheilung nothwendiger Weise auf die junge Gräfin selbst übergehen, da sie ein unbe= dingtes Vertrauen auf das richtige Urtheil und die

herzliche Ergebenheit ihrer Gesellschafterin und Jugend=
freundin setzte. Ebenso mußte sie von der Huldigung,
welche sie unter der Abresse der Verwalterstochter
empfangen, ohne Vorwurf der Eitelkeit schmeichelhaft
berührt werden, wie sie auch darüber gelächelt hatte.
So kam es, daß sich in ihr der Wunsch unwillkürlich
regte, den Schützling wenigstens verstohlen und von
ihm unbemerkt zu sehen, ehe er sich vielleicht für
immer ihren Augen entzogen haben werde. Dieser
Wunsch, den sie sich aber vor ihren Vertrauten zu
äußern hütete, war sicherlich verzeihlich. Was war
natürlicher, als der Drang, Jemanden sehen zu wollen,
für den sie so viel gethan und gewagt, der unzählige
ihrer Gedanken an sich gerissen und ihr so viel ängst=
liche, stürmische Herzschläge, wie kein zweiter Mann
auf Erden, gekostet hatte! In ihrem Wesen selbst lag
noch die tiefere Begründung. Trotz ihres adeligen
Ursprungs und ihres Lebens in hohen Kreisen war
Cornelia von den Tugenden und Untugenden der Welt=
und Modefräulein himmelweit entfernt. Sie gehörte
zu den Naturen, deren ächt weiblicher Stempel, trotz
der allgemeinen Eindrucksfähigkeit des Frauengeschlechts,
nicht einmal durch die Verlockungen eines täglich vor

die Augen tretenden Beispiels zu fälschen, ja kaum zu
berühren war, weil die scharfen Idiosynkrasieen des
Gemüthes alle Wirkungen aufhoben. Das Herz,
welches bei ihr die bestimmende Gewalt über Alles
übte, hatte nicht die ihm so oft gefährliche Einbildungs=
kraft zu fürchten; erst, aber dann erst, wenn es lieb=
lich oder schmerzlich getroffen, bewegt, gefaßt war,
konnte es die Phantasie wagen, ihre Verführungskünste
zu versuchen. Sanfte Milde, intereffeloses Mitgefühl,
langes, treues Festhalten an dem einmal Empfundenen,
ein im tiefsten Selbst seliges Verweilen waren die
Grundzüge des Mädchens, insofern sich dieselben aus
dem kindlichen, dem Weltverkehr beinahe fremden Trei=
ben des bisherigen Lebens zurückspiegelten.

Cornelia's Gesicht war der treue Abdruck dieses
Innern. Man hatte sie oft im Orte, nicht mit Un=
recht, mit der Bergmüllerstochter verglichen, dennoch
war ein Unterschied; die junge Gräfin war die ideali=
sirte Hedwig. Ein poetischer Hauch, eine heitere An=
muth war über die reinen, ebenmäßigen Züge hinge=
strahlt, aus den schönsten blauen Augen loderten die
keuschen Flammen einer idealen Sehnsucht hervor und
die zarten, sanften Blicke, welche gern auf dem Gegen=

ftanbe, auf den sie fielen, lange ruhten, sprachen eine
innige Vertiefung, ein seelenvolles Eindringen in das
Geschaute aus. Um den jungfräulichen Mund, der
von jeher gewohnt war, mehr zu verschweigen, als
er zu sagen hatte, spielten Güte und Sanftmuth, doch
auch schalkhafte Genien, wenn er sich zum Lächeln
öffnete. Es wohnte in dem Wesen eine Seele, welche
für stilles, rein inneres Glück und nicht für die pomp=
haften, hoffährtigen Triumphe der großen Welt ge=
schaffen war und nicht selten in Stunden einsamen
Nachdenkens diese Bestimmung schon fühlte.

Die Vorurtheile, in welchen sie durch ihren Stand
und die geringe Kenntniß der unter ihr stehenden
Sphären der Gesellschaft befangen sein mußte, be=
schränkten sich doch nur auf die äußerliche Gemessen=
heit und waren eigentlich nur theoretischer Natur,
denn sobald irgend ein rein menschliches Gefühl in's
Spiel gekommen war, brachen gewöhnlich alle stolzen
Schranken zusammen.

Dieser Anlage nach war der Akt der Menschlich=
keit, einen Verfolgten zu retten ein edles Selbstge=
nügen, und es war selbstverständlich, daß dieses Ereig=
niß, welches in die sonnige Helle ihrer sorglosen

Jugendtage hineingefallen war, tiefgehende Spuren in ihr Gemüth eingraben mußte. Die anfängliche Be=sorgniß, mitcompromittirt zu werden, hatte durch die vortheilhafte Schilderung des Flüchtlings aus dem Munde ihrer Vertrauten den selbstischen Charakter verloren und sich zu der vollkommensten Theilnahme an dessen fernerem Geschicke gesteigert und geklärt.

Tiefe Wolken verdüsterten ihr schönes Gesicht, als sie vernommen hatte, daß der Flüchtling am heutigen Abend das Asyl räumen und sein Leben dem Winde und den Wellen wieder überlassen werde.

Diese Stimmung begleitete sie, als sie in das Wäldchen hinabkam, wo die hohen Gäste sich vor der Mittagstafel versammelt hatten. Es war ein schwüler aber schöner Tag.

Cornelia hatte sich neben ihren Vater schweigend gesetzt und nahm eines der großen Journale, welche neben dem Sitze des Diplomaten aufgestapelt lagen, in die Hand.

„Aber, liebes Kind," rief der Vater mit scherz=hafter Verwunderung, „seit wann interessirst Du Dich für Politik?"

„Es ist nur Zeitvertreib," erwiderte Cornelia verlegen und vergrub das Gesicht in dem Blatte.

„Werfen's das Zeug weg!" rief ihr der alte General Greifenstein im väterlichen Warnungstone zu.
„Wenn ich nicht die Militärernennungen lesen müßt',
ich würd' ein solches Papier das ganze Jahr nicht
anrühren, außer wenn ich einen Fidibus für meine
Pfeifen brauch'. Am allerwenigsten taugt das Zeitungs-
lesen den Weibern, die waren am allerbravsten, wie
sie noch nichts g'lesen haben, als ihre Gebetbücher.
Verderben's sich nicht Ihre schönen Augen."

„O, das schadet ihnen nicht, General!" rief ihm
Cornelia lachend zu, im Lesen fortfahrend.

Der Ausfall auf Zeitungen und Bücher, dem alten
Haudegen ein verhaßtes Feindesgebiet, kam der frommen Gräfin Sophie sehr gelegen. Sie war unermüd-
lich, Fehler an ihren Mitmenschen zu entdecken, und
überglücklich, dieselben durch Zurechtweisungen und
Moralpredigten zu bessern.

Sie hatte schon lange, während sie sich fatiguirt
stellte, wie eine lauernde Katze die junge Gemahlin
des Generals beobachtet, die mit dem stattlichen Rittmeister Halbenried in lebhafter, bald mit lautem Lachen,

bald mit vertraulichem Flüstern geführten Unterhaltung
einen schattigen Seitengang des Schloßwäldchens auf
und ab ging. Da sie keine so feinen Ohren hatte, um
das Gesprochene aus solcher Entfernung zu hören und
auch die Beiden nirgends schicklicher Weise belauschen
konnte, so begnügte sie sich, das Gespräch zu errathen
und dessen Inhalt zu verdächtigen.

Der General hatte ihr selbst den längst erseh=
ten Anlaß dazu gegeben, sein Ausfall auf Lektüre
hatte eben so gut seiner Gemahlin, ja noch mehr als
Cornelia gegolten, und der Gräfin war wohl bekannt,
daß sich das ungleiche Ehepaar wegen dieses Gegen=
standes nicht selten zu befriegen pflegte.

„Sie gehen zu weit, lieber Greifenstein," sagte sie,
„wenn Sie alle Lektüre verdammen! Es gibt wohl
Bücher, welche das Herz veredeln und die Sitten
regeln. Leider sind es aber nicht die Werke, nach
welchen unsere Jugend greift. Man will sich die
Phantasie erregen, die Gefühle exaltiren und die Sinne
mit den raffinirtesten Darstellungen berauschen lassen.
Leonie —"

„O hören's mir mit meiner Frau in diesem Punkt
auf!" rief der General ganz ärgerlich emporzappelnd.

„Ich lobe ja Ihre Frau," sagte Gräfin Sophie ihre Worte betonend. „Ich sah bei ihr ein Buch, das man nicht hoch genug schätzen kann, ich sah sie in demselben gestern und vorgestern in frühester Morgenstunde lesen. Dieses Buch vereinigt Poesie und Religion —"

„Da haben Sie halt," rief der General, „die andern Bücher nicht g'sehen, die keinen Schuß Pulver taugen. Die hat sie schockweise! Nun, was war das für ein Buch?"

„Die Märtyrer von Chateaubriand," gab die Gräfin zur Antwort.

„Wo liegt Chateaubriand?" fragte der General. „Ich bin in der Geographie schlecht zu Hause."

„Chateaubriand," berichtigte die Gräfin, „heißt der Verfasser."

„Ja so!" rief der General. „So könnte aber doch auch ein Ort oder ein Schloß irgendwo in Frankreich heißen. Wir sind aber von der Sache abgekommen, Theuerste, und ich bleib' gern bei der Stange. Wenn das Buch, wie Sie sagen, wirklich gut ist, so weiß ich, daß meine Frau nichts d'raus lernen wird."

„Aber, lieber General —" sagte die Gräfin mit hinterlistiger Milde im sanft flehenden Tone.

„Die hat den Kopf schon zu überspannt," fuhr
der General, sich erhitzend, fort. „Die Romanmacher
haben ihr schon den gesunden Menschenverstand über=
schraubt, sie denkt mehr an Schiller, und wie all
die alten und neuen Dichter heißen, als an ihren
Mann und die Küche."

„Sie sind heut übler Laune," intervenirte Frau
von Wallhof, die bisher ruhig dagesessen hatte. „Sie
haben eine ebenso liebenswürdige als geistreiche Frau.
Das erkennt alle Welt an, alle Welt!"

„Nur der eigene Mann sieht nix davon," erwi=
derte der General, verdrießlich auflachend. „Sie ist
schon durch ihre Bücher so g'scheit, daß ich ihr nix
mehr recht machen, daß ich nix mehr recht reden
kann. Bald heißt 's, wenn ich mit ihr aus der Ge=
sellschaft komm': O das war plump von Dir! Das
war schrecklich derb! Ich hab' mich geschämt! Ich
war ganz starr! Das ist Dein unglücklicher Kasernen=
styl! — Schockschwerenoth! Ich habe es drei nachein=
anderfolgenden Kaisern und fünf ausländischen Sou=
verainen recht gemacht, wie meine Orden bezeugen, da
werd' ich es auch einem Frauenzimmer recht machen,

das noch nicht auf der Welt war, als ich schon
längst zum Hauptmann avancirt bin!"

Die Gräfin hatte ihn wirklich in eine zornige
Aufwallung hineingeredet, aber da hatte sie ihn eben
wo sie ihn haben wollte, um ihm einige Eifersucht
gegen Halbenried beizubringen. Er war, sich in die
Brust werfend und laut schnaufend emporgesprungen
und bei Seite getreten, wo er im gemessenen Schritte
auf und ab ging.

„Aber, lieber Greifenstein," begann die Gräfin,
die ihm nachgegangen war, wieder, „wenn ich gewußt
hätte, daß ich die unschuldige Veranlassung werde —"

„Ah, da machen Sie sich keine Skrupel!" sagte
der im tiefsten Grunde gutmüthige und harmlose
Mann. „Das ist eine alte Geschichte!"

Seine Aufwallung war wieder vorüber, das Gesicht
verlor von seiner tiefen Röthe.

„Da sieht man," versetzte Gräfin Sophie, ihn freund=
schaftlich am Arme nehmend, „daß Diejenigen nicht
böse sind, welche recht poltern!"

„Oder," paraphrasirte der General mit seinem
alten Humor, „daß die Hunde nicht beißen, die bellen!"

„Für meinen Theil," sagte die Gräfin, sich dem

Ziele nähernd, „ist es mir lieb, daß Ihre Frau Nichts von unserer kleinen Debatte gehört haben kann. Sie ist zum Glück in die Unterhaltung mit dem Rittmeister so vertieft —"

„Der Rittmeister," gab der General zur Antwort, „ist ein gescheidter Mensch. Der läßt sich auch nix Ueberspanntes gefallen."

„Die Männer," rief Gräfin Sophie, „haben in der Regel die größte Nachsicht mit Frauen, wenn diese jung und schön sind. Der Rittmeister wird auch kein weißer Rabe sein."

„Ist mir auch recht!" warf der General, der im Punkte der Eifersucht eine überaus dicke Haut haben mußte, gleichgültig hin.

„Ich erstaune über Ihr Phlegma," rief die Gräfin, die Augen verdrehend und die Hände zusammenschla= gend. „Wäre es Ihnen denn gleichgültig, wenn sich Ihre Frau verliebte und Sie sich selbst den Vorwurf machen müßten, daß Sie nicht rechtzeitig eingeschritten wären und die Gelegenheit nicht zerstört hätten, welche Diebe macht?"

„Das Verlieben wird nicht so geschwind gehen," sagte der General mit unerschütterlichem Gleichmuth.

„Leonie ist nicht inflamabel. Verdruß hat es schon unter uns genug gegeben, doch im Punkte der Liai= sons ist meine Frau von jedem Tadel frei und ich vertraue ihr da ganz. Umgekehrt, hat auch sie mir niemals eine Eifersuchts=Scene gemacht.“

„Aber es könnte doch der Fall sein, daß so viel Vertrauen —“ wollte die Gräfin, über solches, wie sie glaubte, verblendetes Vertrauen außer sich vor Aerger, einwenden, als ihr der General lachend in's Wort fiel:

„Dummes Zeug! Ungelegte Eier koch' ich nicht, weder weich, noch hart!“

Die Gräfin verstummte. Ihr sank der Muth, da sie sah, daß der alte Soldat keine Ader vom Mohren von Venedig habe, aber sie hätte doch gewiß neue Ansätze gemacht, wenn die allgemeine Aufmerksamkeit nicht auf eine vierspännige Reisekalesche gefallen wäre, welche so eben die steile Allee hinauf dem Schlosse zufuhr.

„Wer mag das sein?“ fragte man sich, da eben kein Besuch in den nächsten Tagen erwartet wurde. Der Graf von Thieboldsegg, welcher mit Zeichen einer unruhigen Neugierde nach dem Wagen geblickt hatte, war aufgestanden und dem Schloßthore zu ge=

gangen, indem er ziemlich unverständlich, wie Einer, der Etwas, was ihm ungelegen kommt, ahnt, zwischen den Zähnen murmelte: „Ich glaube gar — er kommt schon!"

Die übrige Gesellschaft verharrte auf ihren Plätzen. Inzwischen kamen auch Leonie und Haldenried herbei.

Der Graf war eben in die Schloßeinfahrt gekommen, als der Wagen stillhielt und einer der Lakaien, die den Reisenden begleiteten, den Schlag öffnete. Ein junger Cürassieroffizier von etwa einundzwanzig Jahren sprang heraus, indem er, den Grafen erblickend, von Weitem rief:

„Komme ich zu früh?"

„Jederzeit hoch willkommen, Durchlaucht!" erwiderte der Graf. „Kaum hatte ich den Vierspänner gesehen, als mir eine Stimme zuflüsterte, daß Sie es sein werden!" Er umarmte den Gast auf's Herzlichste, wie es bei solcher Stimmung nur ein sehr gewiegter Diplomat vermag.

„Es war zwar abgemacht, daß ich am Ende des Monats komme, indeß —", sagte der Cürassieroffizier.

„Ihre Ungeduld ist mir äußerst schmeichelhaft," gab der Graf zur Antwort.

„Bei Ihnen wimmelt es ja von Gästen, wie ich bemerkt habe! Wen haben Sie hier?" fragte Jener.

„Lauter Bekannte!" antwortete der Graf. „Sie werden selbst sehen!"

Sie gingen Arm in Arm in das Wäldchen, wo eine lebhafte Bewillkommnungsscene stattfand. Der Angekommene, Hugo Fürst von Kronenburg, der Träger eines der glänzendsten adeligen Namen, Sprosse einer Familie, die seit Jahrhunderten eine Rolle gespielt, der künftige Besitzer zahlreicher Herrschaften, deren Areale sich mit einem größeren deutschen Fürstenthume messen durfte, der einzige Sohn eines frühgealterten decrepiten Vaters, hatte weder auf sein Aeußeres, noch auf sein Inneres den Stempel seines erlauchten Ursprungs gedrückt, sondern war von einem sehr alltäglichen Aussehen, wie eben auch jeder Landedelmann aussehen darf, welcher gut reiten, gut fahren und gut jagen kann. Seine Gestalt war knochig und untersetzt, aber weder edel, noch unedel; sein Gesicht mit der länglichen Nase, den grauen kleinen Augen und dem von vielen Zahnlücken entstellten Munde, durch-

14*

aus alltäglich; nur die Abgelebtheit, welche aus den
ermüdeten Zügen und dem gelben, um die Nasen=
gegend bläulichen Teint hervortrat, konnte als etwas
Charakteristisches gelten. Die kleine, enge Stirn,
welche keine Intelligenz zeigte, erschien noch kleiner
und enger, weil das kurz geschorene, in der Mitte
ausgefallene Haar, ihre wahren Dimensionen rücksichts=
los offenbarte.

Ebenso war auch an dem innern Menschen nichts
Exceptionelles wahrzunehmen. Die Zunge war ge=
läufig und verrieth frühzeitigen Weltverkehr, jedoch an
der weltmännischen Abgeschliffenheit der Form, die an
höheren Ständen sogar bei vollständiger Gehaltlosig=
keit noch erfreut, war ein sehr fühlbarer Mangel.
Seine Durchlaucht hatten bis dahin zu wenig Zeit für
gebildeten Umgang übrig gehabt, und waren von Pfer=
den, Jagdhunden und Ballettänzerinnen zu ausschließlich
in Anspruch genommen gewesen, so daß nur die un=
genirte, hohe Sicherheit, ja Dreistigkeit, den Menschen
entgegenzutreten, das einzige Merkmal des grand
seigneur war.

An den inhaltlosen Plaudereien, welche derartige
Besuche zu eröffnen pflegen und die bis zur Mittags=

tafel dauerte, hatte sich Cornelia nur höchst selten, und
da nur nothgedrungen betheiligt. Der Fürst, den sie
aus den Gesellschaften von Wien kannte, war keine
bei ihr beliebte Person. Sie fand ihn fade, nichts-
sagend, gleichgültig, er ward ihr aber erst unausstehlich, seit er sich auf einem Balle des vergangenen
Winters besonders viel um sie gekümmert und ihr
mit einer auf keinen Rückzug bedachten, dareinfahrenden
Siegesgewißheit die Cour gemacht hatte. Die Gleich-
gültigkeit steigerte sich zur Aversion.

Man begab sich endlich zur Tafel, die im Freien
abgehalten wurde. Der Fürst bot Cornelia den
Arm, während der Graf seine Aufnahme bei Seite
beobachtete. Die Comtesse überlieferte sich ihm
mit aller Passivität. Unterwegs sagte er mit Nonchalance:

„Hab' ich Sie nicht zum letzten Mal beim Baron
Schönwald zu Tisch geführt?"

„Ich war nie in diesem Hause," erwiderte Cornelia. „Es ist aber Ihrem Gedächtniß nicht zuzu-
muthen, daß Sie sich solche Bagatellen merken."

„Bagatellen!" rief der Fürst, sein steifes Schnur-
bärtchen streichelnd, mit galanter Entrüstung. „Sie

scheinen gar nicht zu ahnen, welchen fabelhaften Ein=
druck Sie auf mein armes Herz gemacht haben."

Cornelia beantwortete diese Tirade mit eiskalten
Mienen, indem sie sich auf den ihr bestimmten Platz
neben den Fürsten setzte.

Kronenburg hatte nicht die leiseste Ahnung, welchen
Widerwillen er in immer steigendem Maaße einflößte,
während er die Speisen, bei steter Betheiligung an
allen ringsum geführten Gesprächen, mit bestem Ap=
petit und bestem Humor verzehrte. Auch Cornelia
war sehr lebhaft, weit lebhafter, als es ihre Art war,
nur daß sie ihre Conversation sehr selten und wo es
kaum zu umgehen war, an den Fürsten richtete. Die=
ses Benehmen hatte übrigens nichts Auffallendes,
außer für den Vater, der die Tochter entweder besser
kannte, oder besser beobachtete. Nach kaum aufgeho=
bener Tafel war aber Cornelia plötzlich verschwunden,
ohne daß es eben etwas Aufsehen Erregendes hatte.
Als ihr der Vater eine Weile später nachgegangen
war, fand er sie auf ihrem Zimmer. Sie stand am
Fenster.

„Warum ziehst Du Dich zurück?" fragte er schein=
bar gleichgültig, indem er sich auf das Sopha hinstreckte.

„Findeſt Du es unpaſſend?" fragte Cornelia ver=
wundert, einen forſchenden Blick auf das apathiſche
Geſicht des Staatsmannes werfend, das nicht die
geringſte Spur innerer Unruhe wiederſpiegelte.

„Nicht eben," gab er zur Antwort. „Ich habe
ſogar geglaubt, daß Du irgend einen Grund dazu haſt."

„Mein Gott, welchen?" fragte Cornelia, den Vater
offen, aber auch ſcharf anblickend.

„Biſt Du in der Stimmung, etwas Ernſtes zu
hören?" fragte der Graf.

Sie ſah ihn ſtumm an, wie wenn ſie ſich auf
etwas Peinliches vorbereitete.

„Ich ſage etwas Ernſtes!" rief der Graf, der die
Mienen der Tochter verſtanden, mit leichtem Lachen.
„Ich führe Dich irre! Es erwartet Dich im Gegen=
theil die angenehmſte Ueberraſchung."

„Laß hören!" ſagte Cornelia ganz geſpannt.

„Der Beſuch des Fürſten," hub der Vater an,
„kommt mir acht Tage zu früh. Da er aber einmal
aus den Wolken zu uns herabgefallen iſt, ſo müſſen
wir uns in die Umſtände fügen. Ich muß mich da=
her ſehr kurz faſſen, wiewohl der Gegenſtand einer
längeren Vorbereitung vielleicht werth geweſen wäre.

Doch streng genommen, ist diese gar nicht nöthig, da
die Sache selbst so glänzend und ohne jede Schatten=
seite ist und sich auf den ersten Blick empfiehlt —"

Er hielt ein wenig inne, indem er Cornelia ansah,
die wie eine Bildsäule zuhörte, ehe er fortfuhr:

„Hugo, der Dich in diesem Winter kennen gelernt,
hat seinem Vater den großen Eindruck, den Du auf
ihn hervorgebracht, geschildert und der alte Fürst hat
im vollsten Einverständniß mit seinem Sohne sich in
letzter Zeit in einem Schreiben an mich gewendet und
darin um Deine Hand für Hugo geworben."

Cornelia bewegte sich nicht, war aber bleich ge=
worden.

„Du sagst Nichts, mein Kind?" sprach der Graf.

„Ich will zuvor hören," erwiderte die Tochter,
was Du dem alten Fürsten geantwortet."

„Du willst erst von mir erfahren," sagte der Graf,
„was so auf platter Hand liegt? Hugo ist ein liebens=
würdiger junger Mann, einer der ersten Namen des
Kaiserthums, ein Krösus und in Dich wahnsinnig ver=
liebt. Die Heirath findet in den Kronenburg ver=
wandten Kreisen den größten Anklang und ich sehe
nicht ein, warum ich hätte zögern sollen, Dir eine,

selbst von allen Deinesgleichen beneidete Stellung zu sichern und Dich zu einer der ersten Damen der Monarchie zu erheben."

„Niemals!" rief Cornelia mit einer heftigen Hand= bewegung.

„So antwortet man nicht," versetzte der Graf in einem sanft zurechtweisenden Tone. „Und wenn man verblendet genug wäre, eine solche Antwort zu finden, so sollte dieselbe aus langer, reifer Ueber= legung hervorgegangen sein. Einem so raschen Ent= schlusse kann nur kindischer Eigensinn zu Grunde liegen."

„Ich hätte geglaubt," erwiderte Cornelia mit großen Thränen in den Augen, „daß Du mich mehr liebtest!"

„Ist es nicht der höchste Beweis von Liebe," er= widerte der Vater, „daß ich die höchsten Güter und alle Ehren der Welt auf Dein Haupt häufen will? Ich hoffe, Du wirst zur Vernunft kommen, denn ein Rücktritt von unserer Seite ist kaum möglich, ohne daß ich mich mit einer allmächtigen Familie, der ich auf meiner langen Laufbahn viel schulde, vollständig überwerfe. Jetzt kennst Du die Sachlage und wirst

Dich vorerst gegen Hugo rücksichtsvoller und mit mehr Takt als bisher benehmen."

Er verließ, nachdem er die letzten Worte in einem ungewohnt gebietenden Tone gesprochen, das Zimmer.

Cornelia war außer sich. Dieser Schlag war so unerwartet, so überwältigend gekommen! Nachdem sie eine Zeitlang traurig brütend, zum äußersten Wider= stande entschlossen, dagesessen, eilte sie zu Frau Has= senfeld, um ihren Jammer in den Busen ihrer Ver= trauten zu ergießen. Frau Hassenfeld, die den jungen Fürsten bei seiner Ankunft kaum gesehen hatte, mußte der Maßstab abgehen, um Corneliens Widerwillen gegen die Parthie zu messen, dennoch stimmte sie, als treue Freundin, blind für Opposition, weil ihr nicht ihr eigenes Gutachten, sondern die Auffassung der Comtesse das Entscheidende schien. Vor der Hand gab sie sich Mühe, das Mädchen zu trösten und ihr die Umstimmung des Grafen in Aussicht zu stellen.

Mitten unter diesen eigentlich fruchtlosen Bemühun= gen war Koß mit äußerst besorgten Mienen eingetreten.

„Ich habe eben gehört," berichtete er, „daß der ganze Wald, der um den Park liegt, cernirt werden wird. Ein Gensd'arm, der eben vorübergegangen, hat

es mir gesagt. Einige Bauern wollen Jemanden ge=
sehen haben, den man für den Flüchtling hält. Wenn
er nun auf seinem Kopf besteht und geht, so giebt's
ein Malheur! Ich bitte Sie um Gotteswillen, Frau
Haffenfeld, gehen Sie zu ihm hinauf und ersuchen
Sie ihn, ja befehlen Sie ihm, zu bleiben! Sonst
geht es uns allen an den Kragen!"

Er schoß hinaus, da er im Garten nöthig war.

Dieses Intermezzo brachte in den beiden Damen
einen gewaltsamen Gedankenumschwung hervor.

„Gehen Sie sogleich hinauf!" rief Cornelia. „Ich
hoffe, er wird nachgeben."

„Ich zweifle nicht," erwiderte die Andere. „Uebri=
gens haben wir ihn ja unter Schloß und Riegel —"

Sie eilte hinaus.

Als sie den langen Corridor hinabgekommen und
im Begriffe war, in den schmalen Seitengang einzu=
biegen, fand sie daselbst mehrere Schloßdiener mit
den Lakaien des angekommenen Fürsten, von der frischen
Kühle des Ortes angelockt, sitzen. Um keine Zeit zu
verlieren, beschloß sie, da ihr die Gelegenheit günstig
schien, diesmal den andern Eingang über die breite
steinerne Stiege zu wählen.

Nachdem sie sich den Schlüssel verstohlen verschafft
und sich vorsichtig umgesehen, öffnete sie sacht die rostige
Eisenthür und sperrte sie wieder hinter sich ab. Sie
war den Weg noch nie gegangen und es bedurfte
einiger Orientirung, um sich in den weitläufigen öden
Räumen zurecht zu finden. Als sie endlich auf einen
schmalen düstern Gang getreten war, erkannte sie,
daß sie sich an der Stelle befinde, die zu den chine=
sischen Cabinetten führe, aber auf der entgegengesetzten
Seite von der Wendeltreppe aus. Hastig huschte sie
den Gang hindurch und kam, nachdem sie noch zwei
Zimmerchen durchlaufen hatte, vor der Thür des
Flüchtlings an. Sie öffnete sie rasch, ohne die Ant=
wort auf ihr flüchtiges Anklopfen abzuwarten.

Der Flüchtling war nicht in seinem Zimmer.

Frau Hassenfeld blickte um sich, sah aber nirgends
weder ein Kleidungsstück, noch sonst einen Gegenstand,
welcher den Aufenthalt eines Menschen kennzeichnet.
War sie in ein unrechtes Zimmer gerathen? Auch
die Bücher lagen nicht mehr auf den Tischen, die dem
Gefangengehaltenen zur Unterhaltung hinaufgesendet
worden waren und welche sie noch am Morgen dort
liegen gesehen hatte. Das Zimmer — es war doch

das Zimmer des Flüchtlings — sah dadurch wieder öde und verwaist aus, wie alle daranstoßenden.

„Sollte er fort sein?" rief Frau Hassenfeld von Schrecken durchfahren, indem sie die Commode öffnete, um nachzusehen, ob nicht darin irgend ein Effekt zurückgeblieben sei, welches auf die Anwesenheit des Vermißten schließen ließe. Die Commode war leer.

„Der Unglückliche!" rief sie die Hände zusammenschlagend und rathlos rechts und links blickend. „Welche tolle, wahnsinnige Hast in die offene Schlinge zu springen!"

Mit Sturmeseile flog sie den Weg, den sie gekommen war, zu Cornelia wieder zurück, ohne die Zeit zu finden oder es für nöthig zu halten, die eiserne Thüre der steinernen Treppe zuzusperren.

„Er ist fort!" rief sie, in das Zimmer der Comtesse tretend.

„Wie hat er fortgekonnt?" rief Cornelia bestürzt.

„Hätte ihn Koß heimlich entlassen — — um ihn los zu werden? —" fragte Frau Hassenfeld mit Argwohn.

„Er hat uns ja selbst gebeten —" entgegnete Cornelia.

„Das ist wahr!" rief Frau Haffenfeld. „Ich bin ganz verwirrt. Wie kann er fortgekommen sein? Fortfliegen kann er nicht — doch halt! Sollte es nicht möglich sein, durch den alten Thurm in den Park hinabzukommen — ich meine durch eines der oberen Fensterchen einen der Bäume zu erreichen —"

„Was weiß ich!" erwiderte Cornelia tonlos.

„Unmöglich ist es nicht!" rief Frau Haffenfeld. „Am wenigsten einem Manne, dem die Lage alle Verwegenheit gibt und der auf einer so langen Flucht das Klettern hat üben müssen."

„Mein Gott!" rief Cornelia aufseufzend, „was hat ihn getrieben, sich, und uns mit ihm in offenbare Gefahr zu begeben! Ueber mich bricht heute Alles zusammen!"

„Sehen wir uns den Thurm an!" sagte Frau Haffenfeld, Cornelia an der Hand mitfortziehend.

„Es nützt zwar nichts," erwiderte die junge Gräfin zum Mitgehen bereit, „aber man erfährt vielleicht, woran man ist. Welche Sorgen!"

Sie waren ungesehen die steinerne Treppe hinaufgesprungen, nachdem sie jedoch diesmal das Thor wieder zugeschlossen hatten.

Cornelia, die die öden Räume des alten Schlosses
noch nie betreten hatte, fühlte sich unheimlich in dem
Labyrinth feuchtkalter Gemächer. Das im Nieder=
gange begriffene Sonnenlicht durchdrang nur schwach und
matt die falben, grauen, mit Staub überklebten Schei=
ben der altmodisch hoch angebrachten Fenster. Frau
Haffenfeld schritt entschlossen voran, die Richtung gegen
den Thurm zu führend, Cornelia folgte, zaghaft und
ängstlich, wie ein Kind der Mutter im finstern Walde.
Da ihr Gemüth ohnehin aufgeregt war, hatte die
Phantasie leichtes Spiel. Das Mädchen wurde durch
den Widerhall der Schritte, das Knarren der selten
geöffneten Thüren und durch unkenntliche Gegenstände,
welche halb in tiefem Schatten verhüllt, auf die Lauer
sitzenden Unholden glichen, in Schrecken gesetzt.

Sie betraten den Kaisersaal, der sich vor ihnen
in cirunder Form großartig und kirchengleich ausdehnte.
Hier war es weit heller, doch wenig freundlicher. Der
Hauch einer todten Vergangenheit war überall zu
spüren und die vielen uralten, aus geschnitzten und
vergoldeten Rahmen hervorsehenden Bilder, welche
alle Wände bedeckten, gaben dem Orte ein düsteres,
melancholisches Leben. Es waren lauter Portraits.

Da hingen Cardinäle, alte Feldherren in Stahl und
Eisen, mit Perrücken bedeckte Staatsmänner, vor
Jahrhunderten begrabene Aebte. Man sah den Her=
zog Alba, den König Philipp von Spanien, eine ganze
Figur in Harnisch, und den Infanten Don Carlos,
ein bleiches, bartloses Gesicht von blödem Ausdruck,
mit braunem, kurzgeschnittenem Haar, in einem weißen
Wolfspelz und weißen Wams, die Hand am juwelen=
besetzten Dolche, ein berühmtes Bild, das durch den
Staatsmann Wratislaw von Pernstein nach Böhmen
gekommen. In der Mitte des Saales jedoch befand
sich Karl der Sechste in übermenschlicher Größe. Der
Kaiser, der im Krönungsornate, in der einen Hand
den Scepter, in der andern den Reichsapfel, dastand,
in spanischer Steifheit und Grandezza, schien den Blick,
den Cornelia im Vorübergehen auf seine bleichen Züge
geworfen, mit Geisteraugen zu erwidern und die Ur=
enkelin des Mannes, von welchem er eines Tages
bewirthet worden, ganz besonders scharf zu fixiren.
Das Mädchen blieb unter solchem Eindruck durch=
fröstelt stehen und sagte, ihre Begleiterin am Arm
festhaltend:

„Hier ist es wirklich unheimlich! Rufen wir Koß
— er soll uns begleiten!"

„Ja," gab Frau Haffenfeld lächelnd zur Antwort,
„einsam und veröbet sieht es hier aus, aber was
weiter?"

In diesem Augenblicke war es Beiden, als ob
sich das Bild des Kaisers ein wenig bewegt und ein
leises Geräusch an der Mauer verursacht hätte. Cornelia zog mit einer zuckenden Bewegung ihre Hand
am Arm ihrer Freundin, die selbst stutzte, fester zusammen, aber ehe' noch eine von ihnen zu Worte gekommen, fing schon das Bild sich perpendikulär von
rechts nach links zu verschieben an und eine Mannes-
gestalt sprang hinter demselben hervor.

Cornelia stieß einen Schrei aus, während die Gestalt unter dem Bilde stehen blieb, ohne sich vorwärts
zu wagen, und in einem freundlichen, sich entschuldi-
genden Tone sprach:

„Erschrecken Sie nicht! Ich bin es — der von
Ihnen Gerettete! Ich bin —"

„Was treiben Sie für Possen!" unterbrach ihn
Frau Haffenfeld, die den Flüchtling sogleich erkannt
hatte, mit' einer Spur von Unwillen.

„Sie sollen Alles hören!" sprach der Flüchtling, sich auf ein paar Schritte nähernd. „Doch sind wir allein?"

„Sie wollten heimlich fliehen —" sagte Frau Haffenfeld, seine Frage umgehend, eilig.

„Im Augenblick dachte ich nicht daran," sprach der Flüchtling. „Als ich vor einer kleinen halben Stunde auf meinem Zimmer saß, hörte ich Jemanden von einer Seite heraufkommen, von welcher mir bis dahin noch Niemand genaht war. Auf solch einen Fall war ich immer, selbst ohne die Warnungen des alten Koß, gefaßt und so hatte ich mir gegen eine allenfallsige Ueberrumpelung solcher Art einen Schlupfwinkel gesucht, als welcher mir die Nische, welche sich hinter diesem Bilde befindet, vollkommen geeignet erschien. Als ich nun Jemand kommen hörte, raffte ich alle meine Siebensachen zusammen —"

„Der Jemand war ja ich —" rief Frau Haffenfeld.

„Wie konnte ich das wissen!" fragte der Flüchtling. Wie, wenn Sie es nicht gewesen wären?"

„Daran habe ich nicht gedacht. Ich schlug den ungewohnten Weg ein, weil der Zugang zur Wendeltreppe nicht frei war. Sie sind ohne Schuld. Sie haben jedenfalls klug gehandelt und wir verzeihen Ihnen den Schrecken, den Sie uns eingejagt haben."

„Auch für mich war die letzte halbe Stunde keine angenehme," gab der Flüchtling zur Antwort. „Als ich hinter dem Bilde stand und die auch diesem Ver= stecke näherkommenden Schritte hörte, schlug mir das Herz. Als sich vollends die Saalthüre öffnete, hielt ich mich schon für verloren. Ich dachte an meine Retterinnen, deren edles Werk hinter ihrem Rücken vereitelt wurde ... Da kamen Sie an dem Bilde vorbei, blieben stehen, ich hörte Sie sprechen, erkannte eine der Stimmen und durch einen Riß im kaiserlichen Mantel zuletzt auch die Umrisse einer bekannten Ge= stalt. Da war mir wieder, als ob mir die beiden Schutzengel auf's Neue erschienen wären, ich mußte hervorspringen und mich zeigen, um zu erfahren, was es vielleicht Ungewohntes gebe? Wo wollen Sie in so später Dämmerung hin? Ist man mir auf der Spur? Was hat Sie schon früher auf mein Zimmer geführt?"

„Ich kam," gab Frau Hassenfeld zur Antwort, „Sie zu warnen, ja Ihnen zu befehlen, ja nicht heute aus diesen Räumen zu gehen. Schloß und Park sind umstellt, man sucht Sie — man vermuthet Sie in der Nähe."

„Doch wer ist —" rief plötzlich der Flüchtling, auf Cornelia zugehend, die ein paar Schritte hinter ihrer Gesellschafterin stand, in einer Stimmung, die zwischen heimlicher Befriedigung und offener Bestürzung über die unerwartete Begegnung schwankte. „Doch, wie kann ich fragen!" rief er, als er näher getreten war und dem Mädchen in die Augen geschaut hatte.

„Fräulein Anna," sagte Frau Haffenfeld ziemlich verlegen, „die Tochter des gräflichen Verwalters. Sie ist unverhofft eben wieder zurückgekommen —"

„So sehe ich Sie doch wieder!" rief der junge Mann. „Was mir Niemand versprechen konnte, bringt mir ein Zufall entgegen. Ja, Sie sind es, ich erkenne Sie! Es ist dasselbe Bild, das begeisterte Dankbarkeit meiner Seele für alle Zeiten eingeprägt hat, Zug für Zug — nicht nur ein schönes Phantasiegebilde —"

„Es ist wie eine Bestimmung," sprach Cornelia, die das Zufällige des Zusammentreffens betonen und an die Spitze des weitern Gesprächs stellen zu müssen glaubte, „daß ich Sie nur mit einer erschütternden Ueberraschung, wie damals im Walde, so heute in

einer beinahe phantaſtiſchen Situation erblicken ſoll!
Wir waren überzeugt — denn was ließ ſich anderes
annehmen — daß Sie aus einer unbegreiflichen Un=
geduld eine Wagethat ausgeführt und durch den alten
Thurm ſich in's Weite geflüchtet hätten. Es iſt zum
Glücke eine leere Angſt geweſen —" ſie ſtockte, gern
hätte ſie die letzten Worte zurückgenommen und in
einer mehr verflachten Faſſung wiedergebracht.

„Könnten Sie es mir übel nehmen," ſprach der
Flüchtling, „wenn ich eines Tages wie ein Dieb davon
ſchliche? Ich habe zwar nicht daran gedacht, ſondern
meine Abreiſe offen angekündigt, doch geſetzt, daß ich
daran gedacht hätte — wäre ich nicht gerechtfer=
tigt von der Pflicht, die ich habe, meine jungen
Wohlthäterinnen von einem endloſen Zuſtand der Un=
ruhe, einer wahren Verbrecherangſt, zu befreien? Aber
ich begehe nichts Ueberſtürztes! Hoch wie mein Leben
ſteht mir die Rückſicht, Ihre gemeinſame Edelthat vor
den geringſten böſen Folgen zu ſchützen! Mein Leben
iſt mir zu theuer, um es den Schergen hinzuwerfen,
aber ich geizte nicht damit, um mit demſelben meine
Retterinnen zu decken! Ich habe dies Leben hundert=
mal auf's Spiel geſetzt, als ich die rebelliſchen Waffen

ergriffen — und wofür? Für das Allgemeine, zum
Theil für einen Haufen mir gleichgiltiger Menschen,
die sich heute vielleicht von mir abwenden würden.
Ich habe aus jugendlicher Begeisterung für Andere
Alles gethan, nichts für mich; ich habe nicht Gewinn,
nur Opfer vor Augen gehabt. Diese Jugendbegeiste=
rung würde ich vielleicht heute bereuen und beklagen,
wenn ich besiegt und verfolgt nicht Einige gefunden —
unter welche Sie gehören. Um dieses kleinen winzigen
Häufleins willen ist mein Leben jederzeit wieder feil!"

„Wir wissen, wie sehr Sie Theilnahme verdienen,"
sagte Frau Hassenfeld, die wie Cornelia von der hoch=
gehenden Stimmung, welche die Worte des Flüchtlings
kundgegeben, ergriffen und mit emporgetragen war.

„Es ist seltsam!" rief der Flüchtling im Ton der
Verwunderung. „Ich bin hier auf dem Schlosse des
Grafen von Thiboldsegg! In der Höhle des Löwen
hab ich Unterkunft gefunden! Hier, unter diesem Bilde
war ich versteckt. Der Vater der pragmatischen
Sanction, die ich anzutasten gewagt, mußte mich ver=
bergen! Ich hoffe, der Stern, der mich begleitet, ist
noch nicht erbleicht! Ich werde auf sicheren Boden
kommen. Ich werde Ihnen keine Verantwortlichkeit

zurücklassen. Ich kenne die Grundsätze des Grafen,
Fräulein," wandte er sich an die Gräfin, „Ihr schönes
Mitleid würde der Mann als Verbrechen ansehen! Er
würde es nicht Sie allein, sondern selbst Ihren Vater,
der in seinem Dienste ist, entgelten lassen — zwar,
wenn nichts weiter wäre, für den Verlust vermöchte
ich ihn leicht zu entschädigen —"

„Wäre es damit nur abgethan," sagte, um Cornelia zu necken, Frau Haffenfeld mit einem Anfluge
von Humor. „Der Graf würde auch dem Revier-
förster die Heirathsbewilligung, die er ihm gegeben,
zurücknehmen. Wie entschädigen Sie Anna für die
verlorene Parthie?"

„Führen Sie mich nicht so in Versuchung!" rief
der Flüchtling hochhinausathmend, während Cornelia,
die an diesem Scherze gar keinen Geschmack verspürte,
weil ihr augenblicklich Kronenburg einfiel — ihre Begleiterin betroffen am Kleide zupfte. „Fräulein Anna,"
fuhr er fort, „was würden Sie sagen?"

„Man müßte sich in die Umstände fügen —" erwiderte Cornelia, zur Antwort gepreßt, um nur etwas
zu sagen.

„Sie sind von einer Entschlossenheit," sprach der

Flüchtling, „Sie sagen es in einem Tone, welcher mich schließen läßt, daß Sie kaum eine glückliche Braut sein können."

„Mein Gott," rief Cornelia, von der Wahrheit des Wortes durchbohrt mit leidenschaftlicher Unruhe. „Es wird spät! Wir müssen fort, Frau Haffenfeld!"

Sie eilte an die Saalthür.

„Sie bleiben!" sagte Frau Haffenfeld. „Ihre Hand darauf!"

„Hier ist sie!" gab der junge Mann mit schmerzbewegter Stimme zur Antwort. „Ich bleibe und wollte, daß ich nie aus diesem Schlosse herausmüßte und herauskönnte!"

Ende des ersten Bandes.